Tyrannenmord

Harald Lacom

Tyrannenmord

Ein Kriminalroman aus dem Alten Wien

Bibliografische Information der Deutschen Nationalbibliothek:
Die Deutsche Nationalbibliothek verzeichnet diese Publikation in der
Deutschen Nationalbibliografie; detaillierte bibliografische Daten sind im
Internet über http://dnb.dnb.de abrufbar.

Für die Gestaltung des Covers wurde ein Gemälde von Horace Vernet
verwendet: Die Schlacht von Jena (1836).

Herstellung und Verlag: BoD – Books on Demand, Norderstedt

ISBN: 9783756214877

Gendarme d'élite de la Garde impériale (Gemälde von François Flameng)

EINS

„Jeschischmarja!"
Und fast gleichzeitig:
„Hiatzt leckt's mi'm Oasch!"

Jozef aus Böhmen und sein Arbeitskollege Franz aus der Steiermark stehen in der Baugrube und angesichts dessen, was sie mit ihren Krampen soeben zutage gefördert haben, müssen sie einfach ihrer Verwunderung Ausdruck geben. Wenn auch mit gedämpfter Stimme, denn die kaiserliche Burg ist in Hörweite.

So wie die Wochen davor arbeiten sie an diesem Tag im Mai 1859 an der Abtragung von Mauerresten, die einmal zur Burgbastei gehört haben, der stolzesten Befestigung des Alten Wien. Die Türken haben sich an ihr die Zähne ausgebissen.

Die Bastei und der dazugehörige Ravelin sind schon vor fünfzig Jahren einmal demoliert worden, so haben Jozef und Franz es in der Normalschule gelernt, im Neunerjahr nämlich, wie die Franzosen Wien besetzt hatten und bei ihrem Abzug einen Teil der Fortifikationen in die Luft gesprengt haben, vor allem jene, die dem Schutz der kaiserlichen Burg gedient haben. Gesprengt haben sie auch in anderen besiegten Städten, aus strategischen Gründen; in Wien ist es ihnen aber vor allem um die Demütigung des österreichischen Kaisers gegangen.

Wie der Franzosenrummel vorbei war, ist eine neue Bastei errichtet worden. Sie ist lange nicht so stark wie ihre Vorgängerin, dafür aber prangt in ihrer Mitte das Burgtor, und weil sie weiter draußen liegt, ist ein schöner Platz entstanden, der Äußere Burgplatz, der bald Heldenplatz heißen soll. Immerhin hat auch diese neue Bastei den Wiener Revoluzzern im Achtundvierzigerjahr noch ein paar Tage lang Schutz vor den Kaiserlichen geboten.

Und gerade so etwas wie dieses Jahr 1848 soll sich nicht wiederholen; überhaupt gelten heutzutage, im Zeitalter der Dampfmaschinen und des Telegraphen, Stadtmauern als ein Relikt aus dem Mittelalter, und irgendwann soll Wien ja nicht nur aus der Innenstadt bestehen, sondern mit den Vorstädten zusammenwachsen und eine Weltstadt werden wie Paris oder London, so hat es der junge Kaiser Franz Joseph I. dekretiert.

Nach der Sprengung von 1809 hat man die Trümmerstätte planiert, aber der Untergrund ist nicht fest, denn er besteht aus dem Schutt der Bastei. Für Fußgänger und Fuhrwerke hat das gereicht; jetzt aber soll hier das tonnenschwere Denkmal des Erzherzog Karl errichtet werden, darstellend wie er bei Aspern dem Regiment Zach voranreitet, die schwere Regimentsfahne in der Hand, ein Bravourstück, das er übrigens stets in Abrede gestellt hat, das aber jetzt, wo man wieder einmal im Krieg mit Frankreich ist, hohen Symbolwert hat. Nicht auszudenken also, wenn der bronzene Erzherzog samt Streitross im Erdboden versinken sollte …

Am Anfang haben die Arbeiten viele Zuschauer angelockt; nichts tut ja der Wiener lieber als anderen beim Arbeiten zuzuschauen und fachkundige Kommentare abzugeben, das wissen Jozef und Franz aus Erfahrung. Das Publikum hat sich mit der Zeit verlaufen, und jetzt ist da nur mehr ein sehr alter Herr, der auch bei der größten Hitze im Gehrock mit Pelzkragen, die gefaltete „Presse" unterm Arm, täglich vom Albertina-Palais herüberkommt und dann stundenlang die Arbeiten beobachtet.

Nun ist es gar nicht so selten, dass in altem Gemäuer seltsame Dinge gefunden werden. Sogar von Kindsleichen hat man gehört. Aber ein ausgewachsenes Gerippe?

Was als erstes zum Vorschein gekommen ist, hat ausgesehen wie Holzstäbchen, gekrümmte und gerade, von unterschiedlicher Stärke und an vielen Stellen gebrochen, halb umhüllt von festem Tuch, dessen Farben nicht mehr zu erkennen waren. Dann, an einem Ende dieses Gebildes, Reste von gelblichem Glacéleder, am anderen ein stark beschädigter Schädel und darauf ein Männerhut, ein sogenannter Zweispitz, wie ihn der Nestroy trägt, wenn er im Carl-Theater den Sansquartier gibt; er ist in ähnlich schlechtem Zustand wie der Schädel und sitzt schief.

„Schaut aus wie einer, der was untern Bierwagen kommen ist, was meinst?", sagt Jozef nachdenklich und kratzt sich am Kopf.

Doch Franz ist schon unterwegs, um die anderen Baraber zu holen. Die stehen dann um den Leichnam, und die Todesursache wird erörtert. Hat man dem Mann den Schädel eingeschlagen? Kaum, wird entgegengehalten, denn was wäre dann mit den Knochenbrüchen? Wer hätte sich die Mühe gemacht, den Toten gewissermaßen auch noch zu rädern? Am Ende geht die allgemeine Ansicht dahin, dass er vom Erdreich und den Steinen erdrückt worden ist, ein Tod, dem manche schon bei der Arbeit nur knapp entgangen sind, wenn eine Wand umgefallen oder ein Keller eingestürzt ist.

Endlich ist der Polier da und schickt einmal die Arbeiter weg, dann schaut sich auch noch der Bauführer den Fund an, und am Ende kommen die Uniformierten von der Bezirkswache und ein paar Herren in Mantel und Melone. Die Arbeiter dürfen nur mehr aus der Ferne mit ansehen, wie die menschlichen Überreste samt Mantel, Stiefel, Hut und allem Übrigen in einer Holzkiste abtransportiert werden.

Noch am selben Abend aber holen die Herren in Mantel und Melone den Jozef aus seinem Quartier auf die Wache und befragen ihn höflich aber nachdrücklich, ob er vielleicht etwas eingesteckt hat, das ihm nicht gehört. Wenn ja, ist es keine große Sache – nur zugeben soll er es, es geht um die Identifizierung des Toten. Jozef zeigt sich geständig.

Denn wie der Franz fort war, hat er noch Zeit gehabt, das Gerippe eingehend zu betrachten und zu durchsuchen. Gefunden hat er ja nicht viel – im Mantel Papiere und ein paar Bankozetteln von anno dazumal, die bei der ersten Berührung zu Staub zerfallen sind, und eine ruinierte Taschenuhr, die vielleicht einmal vor langer Zeit wertvoll gewesen ist. Dann waren da noch ein Zwicker und eine Steinschlosspistole, gleichfalls nicht mehr zu gebrauchen. Und ein silberner Adler, der schön in der Hand gelegen ist, der Griff von einem Gehstock vielleicht. Der Adler hat einen Brillanten auf der Brust gehabt, eigentlich einen federnden Druckknopf, dessen Funktion dem Jozef aber ein Rätsel war. Trotzdem hat er ihn eingesteckt, weil er ihm wertvoll erschienen ist, und dabei hat ihn wohl jemand gesehen und bei der Wache angezeigt. Jetzt muss er ihn hergeben, dann darf er gehen. Der Brillant bestehe aus Gablonzer, das heißt aus Böhmischem Glas und hätte ihn nicht reich gemacht, wird ihm versichert. **CR&**

Der „Wiener Zeitung" vom nächsten Tag ist der Vorfall ganze fünfzehn Zeilen wert – in einer Zeit, wo schon ein im Dienst umgestandenes Fiakerpferd glatt eine halbe Seite füllt, geradezu eine Kurzmeldung. Der Kokarde am Hut des Toten nach zu schließen dürfte es sich um einen der französischen Sprengmeister von 1809 gehandelt haben, steht da, der sich zulange Zeit gelassen hat. Die Sprengung der Basteien ist ja mit dem Abzug der Besatzungsmacht zusammengefallen; vielleicht hat er zu viel getrunken.

In den nächsten Wochen muss der Jozef im Wirtshaus noch gelegentlich von seinem Fund erzählen.

„Die Zeitung hat schon recht", sagt er, „der Herr ist in die Luft gesprengt und dann verschüttet worden."

„Ja, aber wie kommt er mitten in die Bastei, klaftertief unterm Erdboden?", wird gefragt.

„Wer weiß? Wo wir geschaufelt haben, war nicht nur Erdreich, dort war auch Ziegelwerk – Wände und Boden. Vielleicht ein Gang oder Kasematten?"

Als der Jozef aber einmal in Stimmung ist, erzählt er mit gedämpfter Stimme noch was anderes:

„Ob der Herr aber gestorben ist, weil er in die Luft gesprengt oder vom Schutt zerdrückt worden ist, das ist bittschön sehr die Frage. Weil nämlich in der Mitten von dem Herrn, also zwischen den Rippen, da ist eine Messerklinge gelegen. Ich mein, den haben's herich vorher noch erstochen."

Da „herich" eigentlich „Hör ich" heißt und bedeutet, dass der Sprecher sich seiner Sache nicht ganz sicher ist, geht prompt eine Diskussion in vielen Dialekten der Monarchie los.

„Warum hätte das jemand tun sollen?", fragt ein Zuhörer.

„Na, wenn es doch ein Franzos war!", antwortet ein anderer entrüstet.

„Ja, aber wie gesprengt worden ist, war schon Frieden, und die Franzosen sind am nächsten Tag abgezogen.", wirft ein historisch Gebildeter ein.

„Dos ist doch Foll fir Polizai!", wird magyarisch gemutmaßt. Ein Wiener antwortet.

„Bist du deppert? Was sollen die Kieberer denn machen – fünfzig Jahr danach! Ich glaub, die haben die Messerklinge absichtlich übersehen, damit sie keinen Bericht schreiben müssen."

Damit ist das Thema erschöpft, und das Gespräch wendet sich anderen Dingen zu.

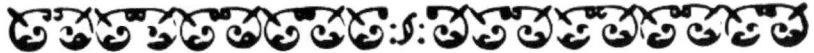

ZWEI

Der Leichenfund vom Äußeren Burghof steht in seltsamem Zusammenhang mit einem Zwischenfall ganz anderer Art, der sich ein halbes Jahrhundert davor in der Umgebung von Wien ereignet hat.

Denn am 28. Juni 1809 kommt eine Kavalkade von der Donau herauf. Gut dreißig Reiter sind es, die meisten in den farbenprächtigen Uniformen der Zeit, am Kopf Zweispitze, quer oder der Länge nach aufgesetzt, manche mit Straußenfedern drauf, Tschakos, polnische Tschapkas. Ein paar Kürassiere mit Helmen und polierten Messingpanzern, die das Auge blenden, wenn die Sonne drauf fällt. Es muss ein Vergnügen sein, mit dieser Gesellschaft zu reiten.

Doch das Bild täuscht. Die Reiter kommen von der Lobau-Insel und empfinden alles andere als Vergnügen. Sie sind jetzt schon über eine Stunde in der Hitze unterwegs und müssen ihren eigenen Staub schlucken, auch der kleine Dicke an der Spitze, der als einziger eine schlichte grüne Armeeuniform trägt, so als ob er den ganzen Prunk nicht nötig hätte. Gerade daran erkennt man ihn: Napoleon der Erste, Kaiser der Franzosen. Er hat die Linien in der Lobau inspiziert, wo er vor fünf Wochen die Schlacht gegen die Österreicher unter Erzherzog Karl verloren hat, und jetzt sehnt er sich nach der Kühle des Schönbrunner Schlossparks und nach der Gräfin Maria

Walewska, die er nebenan im Dorf Meidling untergebracht hat.

In jedem Ort, den sie passiert haben – Simmering, Sankt Marx -, sind die Leute gestanden und haben Augen gemacht, als ob der eigene Kaiser vorbeigeritten käme. Doch der ist nach Ungarn geflüchtet und hat seine Residenz dem Sieger überlassen, der zwar auch Kaiser ist, aber von eigenen und nicht von Gottes Gnaden. In Wien ist Napoleon nicht sonderlich beliebt, jedenfalls weit weniger als bei seinem ersten Aufenthalt vor vier Jahren. Doch die Leute außerhalb der Stadtmauern, die Erdberger, Wiedner und Margaretner, die sind für jedes Spektakel dankbar, und viele haben sogar „Vivat" gerufen.

Plötzlich verfällt Napoleon aus dem raschen Trab in Galopp. Die Herren schmunzeln und möchten es ihm am liebsten gleichtun, doch das gehört sich nicht, und wie würde das auch ausschauen – ohne Ordnung, wie eine Horde türkischer Spahi! So setzt ihm nur der Leibmameluk Rustam[1] nach. Die Chasseurs à cheval von der Feldgendarmerie, die für die Sicherheit des Kaisers verantwortlich sind, machen besorgte Gesichter.

Der Kaiser ist gerade ein paar Pferdelängen weit gekommen, als sich aus dem Pulk ein weiterer Reiter löst und in wilder Karriere vorprescht. Kaum einer kennt ihn;

---

[1] Die „Mameluken" Napoleons waren orientalische leichte Kavallerie, aufgestellt nach dem Ägypten-Feldzug. Ein Reiter, Rustam Raza, war sein Leibwächter bis 1814.

er trägt die dunkelblaue Uniform des Wiener Bürgerkorps, das auf Befehl Napoleons zu jedem Ausritt einen Vertreter entsenden muss. Ist es ein Verrückter? Oder ein Attentäter? Er sitzt nicht besonders gut zu Pferd; trotzdem hätte er Chancen, einen Anschlag zu verüben und nach vollbrachter Tat zu entkommen. Das könnte ernst werden. Die Chasseurs setzen sich in Bewegung.

Der dunkelblaue Reiter hat mittlerweile den Mameluken überholt, er gestikuliert heftig. Auch Napoleon ist auf ihn aufmerksam geworden; er wendet sein Pferd. Der Bürger-Kavallerist vollführt einige eckige Armbewegungen, als ob er dem Kaiser eine Reverenz machen oder sich entschuldigen wollte, passiert in einigem Abstand und ist gleich darauf hinter den Pappeln an der nächsten Straßenbiegung verschwunden.

Minuten später haben ihn die Chasseurs aus dem Straßenstaub aufgeklaubt und bringen ihn zurück – ohne Hut. Sein Pferd hat sich inzwischen beruhigt. Es ist ja auch nicht aus Panik durchgegangen, sondern hat sich gelangweilt und wollte einfach mit Napoleons Pferd mithalten.

Man überzeugt sich, dass der Reiter keinen Schaden genommen hat und dass er der ist, der er zu sein vorgibt, nämlich der Oberleutnant Reich vom Wiener Bürgerkorps, im Privatleben Fabrikant. Man reicht ihm seinen Hut, und nachdem der Kaiser sich noch einige Minuten mit den Gendarmen unterhalten hat, setzt die Kavalkade ihren Weg fort, jetzt wieder in gemäßigtem Trab.

Genauen Beobachtern der kaiserlichen Hofhaltung in Schönbrunn ist aufgefallen, dass man Napoleon nie mehr auf diesem Pferd gesehen hat. Übrigens hat man auch das Pferd nie mehr gesehen …

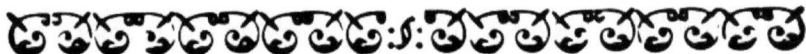

DREI

„Also den Reich hat's Ross abgeworfen", sagt Hofrat v. Schüller, und es schupft ihn geradezu vor innerlicher Heiterkeit, „Naja, er ist halt mehr Kapitalist als wie Kavallerist ... Ich sag immer, ein Fabrikant gehört nicht aufs Pferd. Seinen Dienst bei Napoleon ist er jedenfalls los."

Es ist Geheime Lagebesprechung im Ratssaal der k. auch k.k.[2] Polizei-Oberdirektion in der Spänglergasse und damit der Geheimen Staatspolizei. Die beiden Behörden sind personell gesehen identisch, nur ihre Agenden sind verschieden. Der weiland Kaiser Joseph der Zweite hat zwar die „Geheime Instruktion" erlassen, nach der auch heute noch gearbeitet wird, aber er hat sich gehütet, eine gesonderte Polizeibehörde zu schaffen. Und auch der berüchtigte Polizeiminister Graf Pergen hat es dabei belassen, denn eine selbständige Geheimpolizei entwickelt oft ein Eigenleben, das nicht immer im Sinn der Regierenden ist.

Seit Wien vor den Franzosen kapituliert hat und von ihnen besetzt ist, sind diese Konferenzen häufiger geworden, und alle Konzeptsbeamten, die mit geheimen Polizeisachen befasst sind, müssen teilnehmen. Den

---

[2] k. und k.k. – kaiserlich bzw. kaiserlich-königlich. Vor 1867 war mit „kaiserlich" der Gesamtstaat und mit „königlich" hauptsächlich das Königreich Böhmen gemeint. Nach der Neuordnung von 1867 und bis 1918 bedeutete „königlich" das Königreich Ungarn.

Vorsitz führt der Polizei-Oberdirektor, und das ist der Hofrat Josef Ritter v. Schüller.

Der Hofrat ist ein Unikum, denn erstens ist er beim Abgang des vorigen Oberdirektors gar nicht der Stellvertretende gewesen, wie es sich gehört hätte, sondern ist von auswärts gekommen, noch dazu aus Böhmen. Und zweitens weiß man aus sicherer Quelle, dass er gar nicht bleiben will, sondern seinen Posten nur als Trittstein für Höheres braucht. Er weiß, dass man das weiß, und will diesen Eindruck durch besonderen Fleiß und Sachkenntnis verwischen.

Jetzt stützt er gedankenvoll den Kopf auf die Hand, bevor er wieder anhebt. Er hat eine gewisse Ähnlichkeit mit dem Metternich, auch das weiß er und unterstreicht es durch seine Kleidung und die Lockenfrisur, die er dem Staatsmann abgeschaut hat. Schon wie der noch Gesandter in Paris war, und ganz besonders jetzt, wo er angeblich bald den Grafen Stadion als Minister des Äußeren ablösen soll.

Eine andere Eigenheit des Hofrats ist es, das Offensichtliche auszusprechen. Je offensichtlicher, desto wortreicher.

Auch diesmal beginnt er damit, dass er an die allgemeine Lage erinnert, obwohl die jedem Anwesenden sonnenklar ist: Das Kaisertum Österreich befindet sich bekanntlich im Krieg mit Frankreich, derzeit ist Waffenstillstand, und Wien ist eine vom Feind besetzte Stadt, seit der Garnisonskommandant, Erzherzog

Maximilian Este, am zwölften Mai nach kurzem Artilleriebeschuss sich samt seiner Streitmacht aus der Stadt zurückgezogen hat. Was ebenso unverständlich war wie seine vorhergehende Entscheidung, die Stadt befehlsgemäß bis zum Siebzehnten zu halten, fügt der Hofrat regelmäßig hinzu. Jedenfalls habe nun jeder Staatsdiener die Pflicht, so gut wie möglich mit der Besatzungsmacht auszukommen, auch wenn das patriotische Herz dabei blute. Ihm zum Beispiel habe man einen gewissen Bacher als Polizeiminister vor die Nase gesetzt. Der ist zwar Lothringer, also praktisch ein Deutscher, und war ehemals französischer Gesandter zum Regensburger Reichstag, aber jetzt ist er halt einer der Besatzer. – Leider hängt der Erfolg der Friedensgespräche unter anderem von der Zusammenarbeit der beiderseitigen Behörden und vormaligen Feinde ab.

Zu diesem Zweck hat man das Gemeinsame, also französisch-österreichische Polizei-Komitee gegründet, und das Wiener Bürgerkorps, ob es nun will oder nicht, muss mit den französischen Feldgendarmen gemeinsam auf Patrouille gehen. So war es auch bei der ersten Besetzung vor vier Jahren so und hat halbwegs funktioniert. Das ist der Grund, warum der Fabrikant Reich hat mitreiten dürfen oder eher müssen – als Zeichen von Napoleons Anerkennung.

Da das nun klargestellt ist, trägt der Hofrat vor, was an Informationen von der Polizeihofstelle oder von den

Franzosen eingegangen ist, und ruft das Amtsgeheimnis in Erinnerung, Dann äußert sich der ressortmäßig Zuständige, und streng nach Rangklassen dürfen danach Kommentare abgegeben werden.

„Da wäre einmal der Fall Eschenbacher", beginnt der Hofrat. Darüber weiß ganz Wien Bescheid, denn die Sache ist ziemlich publik geworden: Der Eschenbacher ist ein Sattlermeister von der Wieden gewesen, der aus unerfindlichen Gründen zwei Geschützrohre, die er eigentlich aus dem Stadtgraben ins Zeughaus bringen sollte, in seinem Garten vergraben hat. Die Franzosen haben die Sache sehr ernst genommen, und am 26. Juni ist der Eschenbacher im Jesuiterhof füsiliert worden, und drei seiner Gesellen, die auch in die Sache verwickelt waren, haben dabei zuschauen müssen, bevor man sie begnadigt hat. Die Geheime Staatspolizei soll nun herausfinden, ob Eschenbacher Mitglied einer größeren Verbindung gewesen ist.

„Keine Hinweise", sagt OK Moravetz, zuständig für die geheimen Gesellschaften, „der Sattler hat halt aus übertriebenem Patriotismus gehandelt, denn die beiden Röhren haben eigentlich uns gehört und wären nur Kriegsbeute der Franzosen gewesen. Was er damit bezweckt hat, weiß kein Mensch – schießen sicher nicht, denn Lafetten und Munition hat er ja nicht gehabt, von einer Geschützbedienung gar nicht zu reden. Wahrscheinlich wollt' er das Zeug aufheben, bis der ganze Rummel vorüber ist, und dann um eine

Auszeichnung einkommen." Das ist Beamtenjargon für „ansuchen".

„Wer hat's ihm geschafft?", sagt einer, und darob erhebt sich allgemeine Heiterkeit, denn diese Worte sind ein Zitat; das hat der Kaiser Franz angeblich in Audienz dem Dichter Castelli vorgehalten, weil der – ohne Befehl! - patriotische Kriegslieder gedichtet hat und sich dann aus Angst mitsamt dem Kaiser nach Ungarn absetzen wollte, wie die Franzosen immer näher gerückt sind. Nicht ohne Grund, denn so mancher Autor oder Buchhändler ist wegen franzosenfeindlicher Texte eingesperrt oder füsiliert worden.

Man wird also den Franzosen berichten, dass der Eschenbacher keine Hintermänner gehabt hat, sondern nur ein Idiot war, und der Akt kann geschlossen werden. So kommt man nun zur Zwangsanleihe, so wie 1805 berechnet nach dem Grundbesitz und den bezahlten oder eingenommenen Mietzinsen. Unangenehm, aber gleichfalls kein Fall für die Spänglergasse. Dann die neuesten Dekrete vom Andreossy, dem ehemaligen Botschafter Frankreichs und nunmehrigen General-Gouverneur der Stadt, und vom Wiener Platzkommandanten Meriage: Die befassen sich weniger mit den Wienern als vielmehr mit dem ungeheuren Tross an Zivilbediensteten, der zusammen mit der siegreichen Armee in die Stadt gekommen ist und nur schwer kontrolliert werden kann. Deshalb gibt es Einquartierung nur über Anweisung, jeder aufgenommene Gast muss gemeldet werden etc. etc., jedenfalls eine ungeheure Bürokratie.

Und wenn der Gast ein entflohener österreichischer Kriegsgefangener ist, wird der Gastgeber erschossen, da kennen die Franzosen keinen Spaß.

„Dann wäre da noch etwas", sagt der Hofrat gegen Ende der Sitzung, „Attentate auf den Napoleon hat es bekanntlich erst ein einziges gegeben, nämlich die Höllenmaschine zu Weihnachten Achtzehnhundert. Von den anderen erfahren wir nix, denn das würde nicht zu so einem Menschheitsbeglücker passen. Trotzdem wollen die Franzosen jetzt ein Unterkomitee innerhalb des Gemeinsamen Polizei-Komitees, das sich mit seiner persönlichen Sicherheit befassen soll. Ich will nicht behaupten, dass das was mit dem Ausritt vom Reich zu tun hat, weil das machen sie in jeder Stadt, wo der Napoleon länger Quartier nimmt, aber auffällig ist es schon. Und ein paar Minuten war er ohne jeden Schutz, das lasst sich nicht leugnen; wenn der Reich ihm was antun und dann flüchten hätte wollen, wär' das schon gegangen. Aber auch abgesehen davon ist der Napoleon nach Ansicht seiner Gendarmerie so in Gefahr wie schon lang nimmer. Die militärische Lage wird nicht besser, und er sollte sich schon längst ganz woanders aufhalten. Dazu kommt, dass die Hälfte von seiner Armee gar keine Franzosen sind, sondern welche aus dem Reich, wo ihn auch nicht alle mögen. Und bei den Wienern ist er dermalen lang nicht so populär wie im Fünferjahr."

„Dann soll er doch abfahren, am besten nach Madrid!", murrt Oberkommissär Moravetz. Der Hofrat verzieht den Mund zu einem schiefen Lächeln und setzt fort.

„Zwei Mann, einer von denen ihrer Elite-Gendarmerie, einer von uns ..."

Gespanntes Schweigen. Wen wird das Los treffen?

„Und dabei habe ich an Sie gedacht, mein lieber Strasser!", setzt der Hofrat zuckersüß fort.

Unterkommissär Alois Strasser, entsprechend seinem Rang am unteren Tischende platziert, hebt den Kopf. Seit seiner Schulzeit hat er die Gabe, gespannteste Aufmerksamkeit zu mimen, während er an ganz anderes denkt oder überhaupt schläft. Geschlafen hat er nicht, denn die Erwähnung der Belagerung vom zwölften Mai hat in ihm Bilder wachgerufen. Man kann sagen, was man will, aber es ist nicht zu leugnen, dass ein nächtliches Artillerieduell ein prachtvolles Schauspiel ist, übertroffen höchstens noch von einem Feuerwerk im Prater. Er hat die Kanonade ja nur von seiner Wohnung in der Vorstadt aus gesehen, aber die ewig schaulustigen Wiener sind dicht gedrängt auf der Bastei gestanden. Weshalb die Franzosen den direkten Beschuss vermieden und ihre Brandbomben von den Hofstallungen aus im hohen Bogen über die Zuschauer hinweg in die Innenstadt geworfen haben. Nicht so sehr aus Menschlichkeit, sondern eher im Hinblick auf den kommenden Waffenstillstand. Drum hat es ja die größeren Verluste nicht in der Stadt, sondern im Prater gegeben, wo die Wiener Freiwilligen nachts irrtümlich aufeinander geschossen haben. – Warum hat der Hofrat jetzt seinen Namen gesagt? Irgendwas von der Sicherheit des Bonaparte?

„Ja, haben die Franzosen dafür nicht ihre eigenen Leute?", wendet er ein.

„Aber wir wissen halt besser, was so in unserer Haupt- und Residenzstadt vor sich geht", erwidert der Hofrat.

„Und warum grade ich?", fragt Strasser.

„Sie sind von der Gendarmerie gekommen und gewesener Soldat, und einen solchen wollen auch die Franzosen abstellen. Einen gewissen Hauptmann Leloup. Soll sich freiwillig gemeldet, ja geradezu gedrängt haben zu der Aufgabe. Mit dem müssten Sie sich doch verstehen."

„Also drängen tu ich mich nicht – wo ich doch gar kein Französisch kann!", wendet Strasser ein.

„Macht nix, der Leloup kann ausreichend Deutsch, heißt es. Am Dritten haben wir uns ins Hauptquartier vom Savary zu verfügen, da lernen wir ihn kennen."

General Savary kommandiert die Elite-Gendarmerie, die zur kaiserlichen Garde gehört und für die Sicherheit der Besatzungsmacht verantwortlich ist.

Strasser versucht es noch einmal: „Ich bin doch schon mit der Lowentz-Geschichte belastet – Herr Hofrat wissen schon, der Büchsenmacher, bei dem eingebrochen worden ist ... Muss denn das sein?"

„Ihre Aufgabe beim Unterkomitee", sagt der Hofrat jetzt etwas bestimmter, „wird sich auf gelegentliche

Besprechungen mit diesem Leloup beschränken, habe ich gehört. Es dürft nur darum gehen, Erkenntnisse über gefährliche Gruppierungen auszutauschen, und so weiter. Es wird Sie nicht über Gebühr belasten."

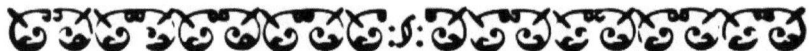

VIER

Die Zuständigkeit der Geheimen Staatspolizei umfasst Straftaten, die in irgendeiner Weise die Sicherheit des Kaisertums Österreich gefährden könnten. Im Hinblick auf die Friedensgespräche bedeutet das auch die Sicherheit der Besatzungsarmee und ihres zivilen Apparates. Bei der Feindseligkeit der Bevölkerung und der militärisch heiklen Lage der Franzosen erregt ja schon ein Schimpfwort, eine erhobene Faust oder eine Schmiererei auf einer Hauswand die Aufmerksamkeit der Obrigkeit, von nächtlichen Steinwürfen gegen eine Patrouille und ähnlichen Attacken ganz zu schweigen. Ein Volksaufstand mit Straßenkämpfen ist das letzte, was sich die Besatzer wünschen. Von Madrid und aus Tirol wissen sie, dass ihnen ihre zahlenmäßige Übermacht da nichts nützt.

Und deshalb sind alle Waffen aus Zivilbesitz an sie abzuliefern. Auch die dem Büchsenmacher Lowentz gestohlenen Gewehre waren zur Ablieferung bestimmt.

Strasser hat zunächst die Anzeige der Bezirks-Polizei studiert. Nach den ersten Erhebungen ist der Verbrecher durch eine Dachluke eingestiegen, hat in der Werkstatt den Schlüssel zur Eingangstür gefunden und durch diese Tür das vorhandene Bargeld sowie eine Anzahl Gewehre hinausgeschafft. Die Gewehre waren in einem ganz ordinären Kasten verwahrt, der leicht aufzubrechen war. Denn weil die Eingangstür zur Werkstatt massiv ist und ein kompliziertes Schloss hat, sind dem Lowentz behördlicherseits weitere Sicherungen erlassen worden. Der Täter muss ein Fuhrwerk und vielleicht auch Komplizen gehabt haben, heißt es, denn alleine hätte er die Gewehre nicht wegtragen können.

Nach Lektüre des Aktes hat Strasser sich zum Büchsenmacher verfügt und die Werkstatt besichtigt. Dann hat er sich eine Liste der Gesellen, Lehrbuben, Bedienten geben lassen und festgestellt, wer zur Tatzeit im Dienst und wer als krank gemeldet war. Außerdem hat er veranlasst, dass die gestohlenen Flinten und Büchsen zirkuliert werden, so dass die Diebe sie wenigstens an keinen konzessionierten Büchsenmacher verkaufen können, sondern höchstens unter der Hand.

„Das alles haben wir dem andern Herrn auch gesagt", berichtet Meister Lowentz,

„Welchem andern Herrn denn?"

„Dem Franzosen, der was schon vor Exzellenz da war."

Strasser ist sichtlich betreten. Dass die Franzosen so flink sind …

„Na ja", sagt er dann, „sind halt besorgt über Waffen in privater Hand. Kein Wunder, so wie es jetzt zugeht in Spanien und in Tirol."

Danach beschaut er noch eingehend die Schlüssel zur Werkstatt und geht.

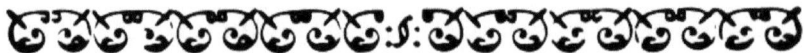

FÜNF

Die Familie Strasser, bestehend aus dem Kommissär, seiner Ehefrau Katharina und deren Zwillingssöhnen aus erster Ehe, wohnt in der Alleegasse in der Vorstadt Wieden, in der Nähe des kaiserlichen Schlosses Favorita, also in einer guten und begehrten Gegend. Seit Strassers Versetzung zur Oberdirektion können sie sich eine Wohnung im zweiten Stockwerk, der sogenannten Beletage, leisten. Aber finanziell wird es von Jahr zu Jahr schwieriger, denn die Preise steigen ins Ungemessene, und das Geld ist von Tag zu Tag weniger wert, ganz besonders, seit die Stadt kapituliert hat und besetzt ist. Noch dazu gilt Ungarn, die Speisekammer des Reiches, als feindliches Ausland, und der Nachschub von dort ist abgeschnitten.

Die Grande Armée frisst Wien arm, und sie braucht Platz für Mensch und Tier. In den geräumten Kasernen sind jetzt Franzosen einquartiert, und in vielen Kirchen haben sie ihre Pferde eingestellt. Ein Geschäftsgewölbe im Erdgeschoß von Strassers Haus haben die Besatzer für fünf Grenadiere und einen Sergeanten beschlagnahmt, der Geschäftsmann hat das Gewölbe für sie räumen müssen, und der Hausherr muss sie verköstigen. Aber wenigstens sind die Männer diszipliniert und freundlich.

Heute ist Annamirl vom fünften Stock zu Besuch, die Tochter der Beamtenwitwe Marini, eine hübsche

Zwölfjährige, dünn, aber bereits mit erkennbaren Rundungen. Körperlich und geistig lässt sie die etwas jüngeren Buben bereits weit hinter sich zurück. Vorderhand kommt sie noch gern, denn ihre Leidenschaft ist das Theater, und die Buben haben ein solches – einen Holzkasten mit Kulissen und Figuren aus Karton. Das war ein Geschenk der Gräfin D., bei der die Mutter der Buben einst im Dienst war, und stammt noch aus der Jugend der Gräfin. Deshalb tragen die weiblichen Figurinen Reifröcke und hochgetürmte Frisuren und die Herren Perücken und Galanteriedegen, sind also schon etwas aus der Mode. Aber das stört Annamirl wenig, solange sie die weiblichen Hauptrollen sprechen darf, deren Part sie meist auswendig kann oder geschickt improvisiert. Notfalls, wenn die Buben nicht mittun wollen, spricht sie auch die männlichen Rollen. In der Schule und bei privaten Theateraufführungen hat sie schon kleinere Rollen gehabt, und ihr Himmelreich ist das Theater in der Josefstadt, wenn dort Ritter- oder Geisterstücke gegeben werden, wie etwa „Die Teufelsmühle am Wienerberg". Seit einiger Zeit besucht sie den Ballettunterricht, den ein adeliger französischer Emigrant in seiner Wohnung in der Wallnerstraße veranstaltet.

Den Zwillingen wird das Theaterspielen immer viel zu früh langweilig, und jetzt liegen sie am Teppich und blättern in Funkes „Naturgeschichte für Kinder" oder betrachten die Wilden auf den Abbildungen in der "Reise in das Innere der nordamerikanischen Freistaaten" von

Michaux, während Annamirl noch gern einen großen Monolog gesprochen hätte.

Bei ihnen liegt Fido, ein schwarz-grauer Hundemischling, den das letzte Dienstmädchen der Familie hinterlassen hat, als sie ihr Herz an einen ungarischen Wanderhändler gehängt hat und ohne Kündigung verschwunden ist. Auch Fido hat Magyarenblut; unter seinen Vorfahren dürfte ein Hirtenhund gewesen sein, und mit dem ererbten zottigen Fell bringt er von jedem Ausgang ungeheure Mengen Schmutz in die Wohnung, zur Erbitterung von Madame Strasser. Bei seinem Eintritt in die Familie ist er von Mopsgröße gewesen, doch Kathi hat damals schon gesagt: Schauts euch seine Tatzen an, das wird ein Riesenvieh! Und sie hat recht behalten: Fido wächst und wächst.

Der Hund hat seine Herrin nicht lange vermisst; er ist von Anfang an ein Herz und eine Seele mit den Zwillingen gewesen. Wen er aber geradezu anhimmelt, das ist Strasser selber. Wenn es nur irgend geht, folgt ihm Fido auf Schritt und Tritt und er gehorcht ihm aufs Wort. Dabei mag Strasser Hunde gar nicht besonders; wie jeder Gendarm hat er seine bösen Erlebnisse mit ihnen gehabt: Bauern und Wilddiebe haben ihre Hunde auf ihn gehetzt, so dass ihn oft nur der Gewehrkolben oder das Bajonett gerettet hat. Er beachtet Fido kaum jemals oder scheucht ihn weg, wenn er gar zu dreckig ist; trotzdem liegt der Hund bei jeder Gelegenheit zu seinen Füßen wie ein Ausreibfetzen, schaut ihn anbetend an und wedelt unablässig.

„Der Herr Göd soll uns was von unserem Vater erzählen!", bitten die Zwillinge.

Peter und Paul sind also die Stiefkinder des Alois Strasser. Nach dem Tod ihres Vaters, der sein Kamerad und Vorgesetzter gewesen ist, hat er die Wittib Katharina König geheiratet, noch draußen am Land, bevor er von der Gendarmerie, die Teil des Militärs ist, zur Polizei der Residenzstadt gewechselt hat. Die Buben nennen ihn seit kurzem den Herrn Göd, einerseits, weil er nicht als ihr Vater bezeichnet werden will, und andererseits, weil er zugesagt hat, für Annamirl den Firmpaten zu machen, in Wien „Göd" genannt, und später auch für sie.

Die Bitte um Geschichten von ihrem Vater gehört zu einem wiederkehrenden Spiel zwischen ihnen und Strasser: Wie viele Kinder dieses Alters hängen sie der Phantasie nach, dass sie nur angenommen, in Wahrheit aber von hoher Abkunft wären, und Strasser erzählt ihnen immer tollere Geschichten, die sie so halb und halb glauben, während Annamirl amüsiert zuhört.

Dass die beiden sich noch recht gut an ihren leiblichen Vater erinnern und dass Kathi ihnen Authentischeres über ihn mitgeteilt hat, stört sie dabei nicht im Geringsten.

„Also", sagt Strasser, „anno Dreiundneunzig in Frankreich – ihr wisst ja, was damals geschehen ist?"

„Da war die Revolution!", sagt einer der Zwillinge.

„Und was war am einundzwanzigsten Jänner in dem Jahr?"

„Da haben's den König geköpft", weiß Annamirl.

„Richtig. – Nur ist den Franzosen dabei ein grober Fehler passiert."

„Was denn?"

„Na, vor der Hinrichtung war der König in einem Kerker mit anderen, die auch geköpft werden sollten. Unter denen war aber einer, der nicht ganz richtig im Kopf war, der hat immer auf den Rock vom König hingeschaut und hat geredet, wie schön der Rock wäre und dass er noch nie so was Schönes angehabt hätte. Da hat der König gesagt, jetzt ist es eh schon wurscht, da hast du meinen Rock, Bürger, gib mir deinen dafür. So haben sie die Röcke getauscht, und der Schwachsinnige war ganz glücklich über das schöne Samtgewand mit den goldenen Bordüren und Stickereien. Und dann sind die Henkersknechte gekommen und haben gesagt: Wo ist der Bürger Capet? Weil so hat der König geheißen, wie er nimmer König war. Der König ist ganz brav aufgestanden und zu ihnen gegangen. Die aber haben gesagt: Was willst du, glaubst du Dodel jetzt schon, dass du König bist? Wir sehen schon am Rock, wer wirklich König ist! Und so haben sie den Narren mitgenommen. Der war noch ganz stolz am Henkerskarren, weil er geglaubt hat, jetzt geht's zur Krönung, und erst am Schafott hat er gemerkt, was los ist. Da hat er angefangen zu beteuern, dass er gar nicht der König wär', aber gleich haben rundherum die Tambours gewirbelt, und man hat kein Wort verstanden. So hat man den Narren geköpft, und alle Welt hat gemeint, es wäre der Ludwig der Sechzehnte."

„Aber der muss ja auch drangekommen sein – nur später halt", bemerkt Annamirl, immer auf historische Genauigkeit bedacht. Den Zwillingen ist der Mund offengeblieben.

„Eben nicht", sagt Strasser, „denn nach der Hinrichtung vom König, auch wenn es der falsche war, haben die Revolutionäre für eine Weile genug gehabt vom Köpfen und haben die anderen gehen lassen. Der König Ludwig hat gleich Paris verlassen, hat einen falschen Namen angenommen und ist zum Rhein gewandert. Er hat sich ein bisserl auf die Schlosserei verstanden und hat unterwegs da und dort gearbeitet. Wie er auf der deutschen Seite vom Rhein war, ist er unter falschem Namen in ein k.k. Husarenregiment eingetreten, weil reiten hat er ja können, als König. Gleich in den ersten Wochen hat er vierzig Pfund Gewicht verloren und hat sich einen Schnurrbart stehen lassen, so dass er keinem Porträt und keinem Louisdor mehr ähnlich geschaut hat. Nach seiner Dienstzeit ist er Gendarm in Drosendorf geworden, und so habe ich ihn kennengelernt. Ludwig König hat er sich genannt."

An dieser Stelle geht Katharina Strasserin, verwitwete König, seufzend und kopfschüttelnd in die Küche.

„Aber das ist ja … das ist ja unser Vater gewesen", stammeln die Zwillinge, die wie gebannt zugehört haben, während Annamirl immer skeptischer dreingeschaut hat.

„Ja – und jetzt wisst ihr, dass ihr eigentlich die Dauphins von Frankreich seid.", sagt Strasser.

„Da kann's immer nur einen Einzigen geben", wirft Annamirl ein und grinst von einem Ohr zum andern, weil sie jetzt alles durchschaut hat.

„Ja, der als erster auf die Welt gekommen ist", sagt Strasser, „aber das weiß man bei euch beiden nimmer, und deshalb wird keiner von euch jemals König sein. Nur so heißen wird er."

„Der Herr Göd hat uns wieder gepflanzt", beklagen sich die Zwillinge, „jetzt soll er uns einmal die Wahrheit erzählen."

„Beim nächsten Mal vielleicht", sagt Strasser und schickt die Zwillinge ins Bett. Annamirl macht einen artigen Knicks und geht hinauf unters Dach, wo sie mit ihrer Mutter wohnt, der Beamtenwitwe Luisa Marini.

❧❦

An diesem Abend nimmt Alois Strasser nach langer Zeit wieder einmal den Schlüssel von der Uhrkette und schließt die unterste Lade der Kommode im Schlafzimmer auf. Da drin liegt unter anderem sein Stock aus Ebenholz. Den braucht er, wenn sich das Wetter ändert und ihn seine Kriegsverletzung zum Humpeln zwingt. Heute hat er keine Beschwerden; er holt nicht den Stock hervor, sondern sein Terzerol, das in ein fettiges Tuch eingewickelt ist, er bringt den Hahn in Laderast, überprüft den Flintstein, schüttet frisches Zündkraut auf die Pfannen und schließt die Pfannendeckel. Zwei Läufe hat die Waffe, einer mit Steinsalz geladen, der andere mit

Sauborsten, beides nicht tödlich aber äußerst schmerzhaft. Eine Erfindung der Weingartenhüter, bestimmt für Traubendiebe, und der ganze Apparat passt in eine Manteltasche.

Kathi hat ihm stumm zugesehen. In einer solchen Situation – die nur selten vorkommt – Fragen zu stellen, hat sie sich abgewöhnt. Was sein muss, muss sein. Der Alois ist ja nicht der erste Polizist, mit dem sie verheiratet ist, und der verstorbene Ludwig König war in dieser Hinsicht nicht viel anders.

Die Grenadiere im Erdgeschoß haben dienstfrei und haben gerade vom Hausherrn ihr Abendessen bekommen. Als sie Strasser sehen, prosten sie ihm durch die offene Türe zu.

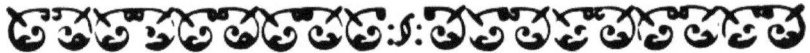

SECHS

Eine halbe Stunde später klopft Strasser manierlich an der Tür einer sogenannten „Zimmer-Kuchl-Kabinett" im Ratzenstadl, der amtlich Magdalenengrund heißt. Er ist durch die Alleegasse in die Stadt gewandert, an der Karlskirche und am Starhemberg'schen Freihaus vorbei, und hat dann innerhalb des Glacis einen ganz bestimmten Fiaker für die Fahrt nach Margareten aufgenommen. Er hat den Hausmeister herausgeläutet, ihm an Stelle des Sperrsechserls seine Kokarde vorgewiesen und hat sich von ihm zur Wohnung der Familie Sinzinger führen lassen. Die „Zimmer-Küche-Kabinett" ist gewissermaßen die Standardwohnung des Alten Wien.

Als geöffnet wird, schlägt ihm der Geruch nach Kelch entgegen, vermischt mit deutlichen Hinweisen, dass ein Kleinkind im Haus ist und sich vor kurzem angemacht hat. Das Haus ist neu, man kann noch den frischen Verputz riechen. Wahrscheinlich sind die Sinzinger Trockenwohner, denkt Strasser, das heißt, sie haben gegen geringeren Zins ordentlich zu heizen, damit das Gemäuer trocknet. Was sie ihren Lungen damit antun, steht auf einem anderen Blatt.

Die Hausfrau öffnet. Strasser bleibt auf der Schwelle und verbeugt sich leicht.

„Habe ich die Ehre mit Madame Sinzinger…?"

„Mein Mann ist nicht zuhause."

Die Frau ist noch jung und hübsch. Aber schon zeichnen sich die Halsmuskeln unter der Haut allzu deutlich ab. Da ist keine Spur von Fett mehr. Eine Kandidatin für den Morbus Viennensis, auch Schwindsucht genannt. Das Kind hat sofort zu heulen begonnen, als die Mutter zur Tür gegangen ist. Strasser muss die Stimme erheben.

„Weiß die Madame, wo der Mann ist?"

„Warum fragt der Herr?"

„Weil ich von der Polizei bin, die will immer alles wissen. Strasser ist mein Name, Ihr Mann kennt mich recht gut von früher, wie ich noch bei der Bezirkswache war."

Die Frau erschrickt. „Jessas na – hat er was ausgefressen?"

„Vielleicht, vielleicht auch nicht. Das weiß ich erst, wenn ich mit ihm geredet hab'. Aber es geht dermalen gar nicht um ihn; an seiner Person ist die Polizeibehörde nicht interessiert. Also, wo ist er?"

„Das kann sich der Herr Kommissär doch denken, wenn er ihn kennt."

„Allerdings. Dann ist er also beim Saufen oder beim Spielen, welches davon?"

„Spielen ... In der „Traube", Am Hundsturm, Hinterzimmer. Das ist jetzt sein Stammlokal."

Kein gutes Wirtshaus, weiß Strasser und mitfühlend fragt er: „Die Madame hat wohl viel Kummer mit ihm?"

„Das kann der Herr laut sagen. – Sein Unglück ist, dass er ja manchmal gewinnt."

„Wie darf ich das verstehen?"

„Na, wenn die ihn einmal ausziehen würden bis aufs Hemd, dann tät er vielleicht zur Besinnung kommen. Aber so … da kommt er unlängst mit einem ganz schönen Flieder nach Haus, und jetzt glaubt er, es geht alleweil so weiter."

Strasser ist lange genug in Wien, um zu wissen, dass Flieder nichts Botanisches bedeutet, sondern einen größeren Geldbetrag.

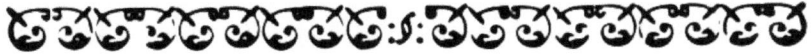

SIEBEN

Der Fiaker, eigentlich ein Komfortable, das Strasser für diese Nacht aufgenommen hat, hat sich schon bei früheren Gelegenheiten bewährt, weil der Kutscher, ein ehemaliger Wachsoldat, keine Fragen stellt und alles Gesehene und Gehörte umgehend vergisst. Da er den Rang Strassers kennt, verlangt er die Nachttaxe wirklich nur zur vorgeschriebenen Zeit, also zwischen zehn Uhr abends und sieben Uhr morgens, und gibt sich auch mit Trinkgeld von weniger als vierzig Prozent der Taxe zufrieden. Der Wagen steht jetzt beim Hintereingang des Gasthauses „Traube", das Pferd in einen Hafersack vertieft.

Strasser hat sich von der zuständigen Bezirkswache Laimgrube auch einen Polizeidiener ausgeborgt. Smejkal heißt er, ist aus Prag zugewandert und hat rote Haare, die nach allen Seiten unter seinem Zweispitz hervorstehen. Er ist von ungeheurem Diensteifer und bedauert sehr, dass er den Hintereingang bewachen muss; viel lieber wäre er mit Strasser mitgegangen, doch der betritt das Wirtshaus alleine, und zwar von vorn.

In der Schank geht das Freitaggeschäft seinen gewohnten Gang; ein paar Dragoner von der Besatzungsmacht verkosten den Heurigen und versuchen, mit den Kellnerinnen anzubandeln, die in ihren Dirndln, den weißen Strümpfen und Goldhauben ja wirklich ein erfreulicher Anblick sind. Gerade ist auch noch eine Partie lebenslustige Bürger gekommen, die Herren mit offenem Kragen und dem Hut am geschulterten Spazierstock

Den Sinzinger findet er schneller als gedacht. Der sitzt nämlich nicht im Hinterzimmer an der Spielbank, sondern im Gastzimmer an einem Zweiertisch. Ihm gegenüber ein Herr, den Zylinder in die Stirn gezogen, das Kinn im Halstuch und im Kragen seines Radmantels vergraben, die Hände auf den Knopf eines spanischen Rohrs gestützt, das Gesicht kaum sichtbar. Er will also nicht erkannt werden. Der Herr redet gerade leise, aber recht energisch auf den Sinzinger ein und bricht sofort ab, als er Strasser eintreten sieht.

„Sinzinger Sebastian – komm' Er her da!" sagt Strasser nicht minder energisch. Sinzinger macht dem Herrn eine entschuldigende Verbeugung und humpelt zu Strasser hinüber. Sein Gesprächspartner zuckt die Achseln und steckt die Nase ins "Journal des débats", das mittlerweile auch viele Wiener lesen, die Französisch können.

Strasser hat den Sinzinger gar nicht so klein in Erinnerung gehabt, aber vielleicht ist er inzwischen eingegangen, die Rachitis macht mit einem Menschen so mancherlei. Jedenfalls sind seine Beine noch krummer als früher.

Sinzinger hat ihn sofort erkannt.

„Ja, der Herr von Strasser! Aber sind gar nimmer bei der Bezirkswach, hört man, sondern in der Oberdirektion. Wie komm' ich zu der Ehre?"

Sinzinger spricht halblaut; offenbar ist es doch keine solche Ehre, mit einem von der Oberdirektion bekannt zu sein. Strasser hingegen kennt keine solchen Rücksichten.

„Setz' Er sich her, ich hab' mit Ihm zu reden!" sagt er laut und deutlich.

Und damit packt er Sinzinger beim Arm und führt ihn zu einem freien Tisch, wo er ihn auf die Bank niederdrückt. Er setzt sich gegenüber und sagt mit leiserer Stimme:

„Mit wem hat Er da drüben geredet?"

„Das ist meine Sach'", erwidert Sinzinger, „frag' ihn der Herr Kommissär doch selber!"

„Na schön, dann etwas, was nicht seine Sach' ist – jetzt erzähl' Er, was Er von dem Einbruch beim Meister Lowentz weiß."

„Seit wann interessiert sich denn die Oberdirektion für einen gewöhnlichen Bruch?"

„Das ist eine Angelegenheit der Geheimen Polizei. Und jetzt red' Er – aber die Wahrheit, wenn es gefällig ist."

Sinzinger merkt, dass er hier nur formal als Zeuge, faktisch aber als Delinquent antworten soll, und fängt lauthals zu beteuern an: Nichts wisse er, als was nicht ohnehin alle wüssten, er sei ja auch schon ein paar Tage nicht mehr in der Arbeit gewesen, und so weiter.

Währenddessen geht die Tür zum Hinterzimmer auf, und mehrere vom Leben gezeichnete Gesichter zeigen sich: Die Spieler wachen über ihren Kumpan. Lang werden sie sich nicht zurückhalten, denn sie rechnen mit der Unterstützung oder wenigstens mit der Sympathie der Gäste, die alle miteinander die Polizei nicht schmecken können, und die Geheimen schon gar nicht.

So sagt Strasser: „Die Wahrheit, aber schnell – dann passiert Ihm vielleicht nichts."

Und als Sinzinger mit seinen Beteuerungen von vorn anfangen will:

„Wenn Er so unschuldig ist, dann zeig' Er mir seine Händ'. Am Dach ist Blut gefunden worden, da hat sich der Malefizkerl wohl verletzt."

Erleichtert streckt ihm Sinzinger die Hände entgegen – und Strasser packt ihn am dürren Handgelenk. Auch wenn Strasser für einen Ex-Gendarmen geradezu schwächlich gebaut ist – er ist nur mittelgroß und hat nie einen Bauch gehabt, der ihm gestattet hätte, einen Angreifer wegzuwampeln, also mit dem Bauch wegzustoßen – seine Hände können sich sehen lassen: Was die einmal gefasst haben, lassen sie nicht so leicht aus. Von Faustwatschen und Hirnprellern ganz zu schweigen.

Sinzinger versucht sich aus dem Griff zu winden, und tut sich dabei nur selber weh. So beginnt er zu wehklagen:

„Auwegerl, Uijegerl, jetzt tut mich der Herr Kommissär schließen, wo ich doch gar nix gemacht hab. Das arbeitende Volk bedrücken, ja das können's, die hohen Herrn, die Geheimen …!"

Im Nu sind die anderen Spieler durch die Tür und umstellen den Tisch. Ein riesenhafter Geselle, dem man den täglichen Umgang mit Schweinehälften deutlich ansieht, macht den Wortführer. Da er gesehen hat, dass Strasser allein ist, gebraucht er die in Wien so beliebte Mischung aus Höflichkeit und Spott, in der immer eine leise Drohung mitschwingt. Also das, was man „Schmäh" nennt.

„Ah, was will denn der Geheime von dem armen Bastl? Sollt' lieber aufpassen, dass nicht vielleicht die Jakobiner oder Freimaurer den guten Kaiser wegtragen oder Ärgeres, anstatt harmlose Bürger zu sekkieren!"

„Meng' Er sich gefälligst nicht in eine Amtshandlung –", beginnt Strasser. Weiter kommt er nicht, denn eine Hand von Schnitzelgröße treibt ihm den Hut bis unter die Augen an. Jetzt setzt es Hiebe, weiß Strasser, und er wird später nicht einmal aussagen können, wer die Täter waren. Noch dazu hat er keine Hand zur Abwehr frei, denn mit der einen kramt er in der Rocktasche nach dem Terzerol und mit der anderen muss er seinen Gefangenen festhalten.

Doch in der Dunkelheit seines Hutes hört er plötzlich in fast akzentfreiem Deutsch:

„Mein Herr, ich stehe zu Ihrer Verfügung."

Strasser zieht Hand und Terzerol aus der Tasche und schiebt mit dem Lauf der Waffe den Hut hoch. Das Gastzimmer hat sich inzwischen schlagartig geleert, denn die Gäste ahnen, was sich da anbahnt. Jener Herr, der vorhin in der Zeitung geblättert hat, ist aufgestanden und kommt langsam auf den Tisch von Strasser zu, sein spanisches Rohr in der Hand. Der starke Fleischergeselle erklärt dem Herrn prompt, dass er und seine Freunde diesen Raum für eine private Veranstaltung gemietet hätten, die übrigens soeben begonnen habe. Weshalb der Herr jetzt gehen möge; man werde ihm dafür ein Viertel Ungarischen bezahlen, das er an der Schank trinken dürfe.

Der Herr scheint es nicht gehört zu haben.

Nun wird der Fleischergeselle schon ein wenig deutlicher: Falls der Herr mitsamt seinem Rohrstaberl sich nicht unverzüglich entfernen wollte, so könnt' er auch solche Watschen kassieren, dass ihm vierzehn Tag vom Teufel träumen tät'.

Das hat der Herr nun doch zur Kenntnis genommen, wenngleich vielleicht nicht verstanden. Einen Augenblick lang blickt er den Redner sinnend an, dann schnellt er seine rechte Faust vor wie ein englischer Boxer und lässt einen Fußtritt folgen. Vielleicht auch umgekehrt. Die Wirkung aber ist bestürzend, auch für Strasser, und der hat in seiner Zeit als Gendarm doch so manche bemerkenswerte Schlägerei miterlebt: Der Riesenkerl ist gut einen Klafter weit zurückgetaumelt und dann umgefallen wie ein Stück Holz. Seine Kumpane sind einen Moment lang dagestanden wie erstarrt, aber jetzt setzen sie sich in Bewegung, und einer beginnt ein Signal zu pfeifen – „Renn' Bürscherl, renn' Bürscherl, sonst erwisch' ma di!" heißt der Text dazu, und das bedeutet bei der k.k. Infanterie „Sturmangriff", wie Strasser noch recht gut weiß.

Doch der fremde Herr hat mit einer raschen Handbewegung aus seinem spanischen Rohr einen Degen gemacht, und auch Strasser hat endlich den Hahn des Terzerols gespannt, und einen Lauf abgefeuert. Genau gezielt hat er nicht, doch als sich der Pulverdampf verzieht, sieht er mit Genugtuung, dass einer der Angreifer sich fluchend auf den Manchestersamt seiner Pantalons greift, wo die Sauborsten oder Salzkristalle gerade ihre Wirkung entfalten, und zurück ins Hinterzimmer hinkt. Der Angriff seiner Kumpane stockt, aber sie halten die Stellung; Taschenfeitel und Totschläger kommen zum Vorschein.

Der Fremde steht immer noch da, die Degenklinge auf die Angreifer gerichtet, das Rohr zum Parieren in der Linken.

„Ich meine, wir sollten jetzt gehen!", sagt er leise.

Strasser teilt diese Meinung. Eilig, doch mit einer gewissen Würde, steht er auf und retiriert in die Schank, mit dem Terzerol auf die Angreifer weisend und den Sinzinger mit der anderen Hand nach sich zerrend wie einen störrischen Geißbock. Das Terzerol ist nur schwach geladen gewesen, aber Sinzinger ist noch ganz blöde und taub von dem Schuss, der knapp an seinem Ohr vorbeigegangen ist, und murmelt unaufhörlich:

„Nimmer schießen, bitte nimmer schießen …"

Der Wirt, die Serviermädchen und die verbliebenen Gäste tun so, als ob sie kein Gepolter und keinen Schuss gehört haben und diesen Umstand notfalls auch beeiden könnten.

Auf der Straße schaut sich Strasser nach dem Fremden um, doch der ist wie vom Erdboden verschwunden. So biegt er ums Eck und dann in die Gasse hinter der „Traube", wo immer noch Polizeidiener Smejkal auf Posten steht.

„Bei mir ist kein Malefikant nicht durchgekommen!", meldet Smejkal, und seine Stimme bebt vor Diensteifer.

„Nein", sagt Strasser, „weil ich ihn gleich selber mitgebracht hab'. Jetzt machen wir, dass wir zum Wagen kommen. Er, Smejkal, wird schauen, ob uns wer nachgeht."

Doch niemand verfolgt sie, und sie gelangen unangefochten zum Komfortable, obwohl Sinzinger nicht gut gehen kann und schon gar nicht schnell. Deshalb hat Strasser auf der Straße auch sofort seinen Griff gelöst; Sinzinger entkommt ihm nicht.

Der Kutscher ist in der Zwischenzeit nicht Saufen gegangen, sondern am Kutschbock in Bereitschaft sitzen geblieben, auch das eine Gewohnheit, die Strasser an ihm schätzt.

Kaum sitzen sie im anfahrenden Wagen, Sinzinger gegenüber von Strasser und Smejkal daneben, eröffnet Strasser das Verhör mit der rhetorischen Frage, ob Sinzinger partout auf den Spielberg wolle? Auf dem Gesicht Sinzingers zeichnet sich das blanke Entsetzen ab.

Der gefürchtete Brünner Kerker für Schwerverbrecher und politische Häftlinge ist zwar nicht so brutal wie allgemein angenommen, aber wenn Sinzinger es glaubt, so soll er ruhig, findet Strasser.

Sinzinger wimmert: „Auf den Spielberg! Ich hab' doch nix angestellt."

„Ah so – und tätlicher Angriff auf einen k.k. Polizeikommissär ist nix?"

„Was hab' ich denn damit zu tun?"

„Das wird sich herausstellen. Und eingebrochen hat Er beim Meister Lowentz!"

„Aber ich war doch krank!"

„Gesund genug zum Hasardieren."

„Und wie sollt ich denn aufs Dach vom Meister Lowentz – mit meinen Dackelhaxen?" wendet Sinzinger ein, und da hat er recht, denn Klettern kommt bei ihm wirklich nicht in Frage.

„Halt' Er mich nicht für blöd", sagt Strasser unwirsch, „niemand war am Dach. Der Dieb hat sich vielmehr vom Schlüssel einen Wachsabdruck gemacht und sodann einen Nachschlüssel fabriziert, und mit dem ist er reingekommen. Dann hat er das Dachfenster von herunten mit dem Besenstiel eingestoßen, damit man glauben sollt', er wäre von oben gekommen. Also red' Er nicht herum und sag' Er lieber, wer ihm den Auftrag gegeben hat, die fünfzehn Schießprügel zu stehlen."

„Zwölf waren es nur...", flüstert Sinzinger nach einer Pause.

„Von mir aus zwölf", sagt Strasser, „jedenfalls genug für eine kleine Armee. Da könnt' man leicht auf die Idee kommen, dass Er den Kaiser stürzen will. Wenn so ein Jakobiner nicht auf den Spielberg gehört, dann weiß ich nicht …"

„Den Kaiser stürzen!?", heult Sinzinger auf, „Nix dergleichen – Geld hab' ich mir erwartet!"

„Und auch gekriegt, wollen wir hoffen. Von wem?"

Und da spießt sich schon das Verhör; ein Signalement seiner Auftraggeber kann oder will Sinzinger nicht liefern. Dunkel sei es halt immer gewesen, ein Herr und noch ein zweiter hätten ihn angeredet. Ja, sie hätten von seinen Spielverlusten gehört, haben sie gesagt, ihm sodann einen sehr lukrativen Vorschlag gemacht und eine Liste der gewünschten Waffen gegeben. Ganz verschiedenartige Typen, darunter sogar ein oder zwei „Girandoni" hätten sie haben wollen. Die Gewehre habe er dann auf mehrere Mal aus der Werkstatt geholt und den beiden ausgehändigt.

„Und wieso haben die zwei gewusst, dass Er beim Meister Lowentz arbeitet?"

„Es wird viel geredet …"

Strasser ist skeptisch, aber er drängt nicht. Natürlich ist Sinzinger mit seinen Auftraggebern auf andere Weise zusammengekommen und kennt sie besser als er behauptet, aber jetzt hat er Angst. Man wird schon mehr aus ihm herausbringen, auf Umwegen halt. Je mehr er sich vor dem Spielberg schreckt, desto besser.

„Und das Geld?"

Das Geld – in Bankozetteln – habe er gleich erhalten und großenteils schon wieder verspielt und versoffen. So wie übrigens auch das Geld, das er in der Kassa bei Meister Lowentz vorgefunden habe.

Wenn das Geld schon weg ist, warum sind dann die Spielpartner des Sinzinger so besorgt um ihn, dass sie sogar einen von der Geheimen Polizei attackieren, wundert sich Strasser.

„Wo sind die Gewehre jetzt?"

„Wie soll ich das wissen? Die haben's in einen Wagen geladen und sind weg damit."

Mittlerweile ist das Komfortable schon fast beim Ratzenstadl. Strasser sagt: „Jetzt lass' ich Ihn aussteigen; das letzte Stück soll Er zu Fuß gehen und dabei Sein Lotterleben bedenken, das ist eine geringe Strafe für Ihn. – Und Er hat gleich morgen wieder beim Meister Lowentz mit der Arbeit anzufangen."

„Der wird mich doch nimmer aufnehmen!"

„Warum nicht? Von uns hat er nix erfahren, also braucht Er ihm auch nix beichten. – Und dass Er sich in Hinkunft nur ja nimmer beim Spiel erwischen lasst!"

„Und ich komm' jetzt nicht ins Kriminal?", fragt Sinzinger ungläubig.

„Wir werden sehen. Wenn Ihm noch was einfällt, so dass wir vielleicht Seine Auftraggeber erwischen und dem Meister Lowentz sein Eigentum restituieren können, vergessen wir vielleicht ganz auf Ihn."

Damit steckt Sinzinger in der Zwickmühle. Recht nachdenklich ist er, als er aussteigt und auf seinen krummen Beinen davongeht.

„Hat der uns angelogen?", will Smejkal wissen, als Sinzinger außer Hörweite ist.

„Na und wie!", sagt Strasser. „Im Augenblick hat er Angst – vor uns und vor seinen Auftraggebern. Jetzt kommt es drauf an, vor wem er sich mehr fürchtet …"

„Und darf ich fragen – ich interessier' mich nämlich so fürs Kriminalistische – der Herr Kommissär haben sicher aus der Lage von den Glassplittern geschlossen, dass die Dachluke von herinnen eingestoßen worden ist und nicht von außen."

„Ganz recht", sagt Strasser, „genauso ist es gewesen."

In Wirklichkeit hat er nur ein bisserl den Schlüssel aus der Nähe betrachtet und einige Wachsspuren darauf entdeckt.

„Und noch eine Frage – wie haben Herr Kommissär herausgefunden, dass es ausgerechnet der Gehilfe war, der nicht zur Arbeit kommen ist?"

Das, sagt Strasser, sei der kriminalistische Instinkt gewesen, das lasse sich nicht erklären. Der Smejkal muss ja nicht unbedingt wissen, dass er den Sinzinger von früher kennt und der Sinzinger ihn, weshalb es auch zwischen ihnen nicht viel Worte gebraucht hat.

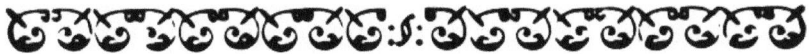

ACHT

Diesmal lässt Strasser alle Verbindlichkeit beiseite. Kaum ist die Tür einen Spalt weit offen, tritt er sie gänzlich auf und steht schon in der Küche und zugleich dem Entrée der Familie Sinzinger.

„Die Frau nimmt jetzt den Pamperletsch", donnert er, „und geht ins Kabinett. Und der Sinzinger Sebastian kommt heraus!"

Sinzinger, in einem alten Schlafrock und Hauspatschen, kommt geschlurft, während die Frau mit dem Pamperletsch, sprich Kleinkind, im Nebenraum verschwindet.

„Was ist denn, was hat denn der Herr Kommissär, Ich hab' Ihro Gnaden doch alles gesagt."

„Nix hat Er mir gesagt! Vor allem nicht, dass Er noch im Besitz der Beute ist."

Und als Sinzinger zu bestreiten anfängt: „Ja, glaubt Er etwa, er kann einen Konzeptsbeamten der Oberdirektion zum Narren halten?! Meint Er, die Oberdirektion weiß nicht, dass Er schon für eine große Partie Hazard am nächsten Freitag angesagt ist ...? Woher will Er denn das Kapital nehmen – ha? Er hat noch Geld zu kriegen, das ist klar, sonst könnte Er gar nicht spielen, und das heißt, dass Er noch nicht geliefert hat."

Sinzinger setzt neuerlich zu einer Verteidigungsrede an. Strasser fährt mit leiserer Stimme fort: „Und dass Er halt nicht vergisst – wenn Er verdächtig ist, dann ist es Seine

Gnädige gleichermaßen. Die kommt zu den Weibern ins Polizeihaus am Salzgries, oder gar in die Rauhensteingassen – na Servus! –, bis die Wahrheit heraußen ist. Denkt Er nicht an sein Kind, das dann im Findelhaus oder bei Pflegeeltern verhungert? Oder die Rachitis kriegt, damit es später grad so hatschen kann wie der Herr Papa?"

Das Schweigen Sinzingers ist so gut wie ein Geständnis.

Strasser, nach einer Weile: „Alsdann, wo hat Er die Beute hingebracht?"

„In ein Gwölb. Am Tabor."

Diese Straße in der Vorstadt Leopoldstadt liegt von Sinzingers Wohnung verdächtig weit entfernt.

„Seit wann hat Er ein Gewölbe am Tabor, und was lagert Er dort?"

„Das will ich nicht sagen!"

Sinzinger ist von Natur aus und wegen der Rachitis schwächlich, aber wenn er etwas nicht will, wird er stur.

"Und wann soll die Übergabe sein?"

Sinzinger schweigt wiederum, und Strasser muss um Einiges schärfer werden, bevor er sich zu einer Antwort bequemt.

„I hab' halt Angst … um die Frau und das Kind …"

„Sinzinger, mir scheint, Er will wirklich auf den Spielberg und dort mit den anderen Falotten tarockieren, bis Er an der Schwindsucht eingeht. Was ist denn dann mit der Frau und dem Kind, ha?"

„Ja, aber die wissen doch dann, dass ich sie verraten hab'. Und ich kann ihnen nicht einmal die Anzahlung zurückgeben ..."

„Das hätte Er sich früher überlegen sollen. Zum letzten Mal – wo und wann soll die Übergabe stattfinden?"

„In meinem Gwölb, in der Nacht vom Sechsten, so um eins in der Früh ..."

Die sind schlau, denkt Strasser, sie warten ab. Wenn jetzt wer erwischt wird, soll es der Sinzinger sein.

„Gut", sagt er, nun etwas milder, „da werden wir halt ein Wörterl mitzureden haben. Er soll alles so machen, wie es vereinbart ist – und dass Er sich nur ja nix anmerken lasst! Wenn die Sache in die Hosen geht, kann ich Ihm nimmer helfen. Wenn wir aber die Malefizkerln schnappen, dann können sie Ihm und Seiner Familie nix tun, und danach werde ich schauen, ob auf Seine Strafverfolgung verzichtet werden kann."

Ein Versprechen, das an Unbestimmtheit kaum zu überbieten ist. Und trotzdem tut Sinzinger etwas, woran Strasser noch lange denken wird: Er packt Strassers Hand und küsst sie wieder und wieder, bis Strasser ihn anfährt, das gefälligst zu unterlassen.

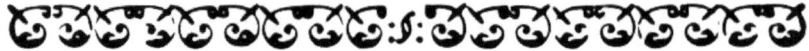

Seltsam sieht das schon aus – wie eine Zusammenkunft von Dohlen und Papageien in den k.k. Hofstallungen. Der Hofrat und Strasser auf der einen Seite, in ihren schwarzen Anzügen, weißen Strümpfen und Schnallenschuhen, vom Regen ziemlich durchnässt, und auf der anderen Seite der General Savary, Herzog von Rovigo, im Kreis einiger Offiziere der Grande Armée in ihren farbenfrohen Uniformen, die Strasser noch immer nicht auf den ersten Blick der richtigen Waffengattung und dem richtigen Dienstgrad zuordnen kann, so sehr er es auch versucht; es sind einfach zu viele.

Die Szenerie ist so martialisch wie die Uniformen: In den wenigen Stunden der Belagerung ist Wien hauptsächlich von hier aus beschossen worden; umgekehrt haben auch die Kaiserlichen ungefähr sechshundert Löcher in die barocken Mauern der Hofstallungen gebohrt, die nur notdürftig vermacht sind. In einer Ecke liegen noch die Trümmer eines k.k. Schreibtischs, mitsamt der eisernen Vollkugel, die ihn zur Strecke gebracht hat.

Der General ist überaus höflich, wenn auch kurz angebunden. Nach einigen Begrüßungsworten stellt er ihnen ihr Gegenüber vor:

„Der Capitaine Leloup."

Der Capitaine, in der rot-blauen Uniform der Elite-Gendarmerie, die Bärenmütze mit der flammenden

Granate unter dem Arm, tritt zwei Schritt vor, schlägt die Hacken zusammen, verbeugt sich militärisch und sagt in fast akzentfreiem Deutsch:

„Meine Herren, ich stehe zu Ihrer Verfügung!"

Den Kommissär Strasser reißt es wie ein Fraisenkind. Das ist doch – oder ist er es doch nicht? Das Gesicht hat er ja kaum gesehen – aber die Statur, die Wortwahl, die Stimme …Vor allem die Stimme! Er gewinnt halbwegs die Contenance wieder, verbeugt sich mehrmals und beginnt seinerseits eine Begrüßung zu stottern.

„Was haben S' denn auf einmal, Strasser?" erkundigt sich der Hofrat.

„Oh nichts", versichert Strasser, „eine plötzliche Übelkeit oder so was … Es geht schon wieder."

Er blickt er zum Fenster hinaus, das eine prächtige Aussicht auf das Glacis und die Wienerstadt unter einem Regenhimmel bietet, und dann rasch wieder auf den Capitaine.

Der steht noch immer da und sieht genauso aus wie vorhin. Ein sonngebräunter Herkules, mit dermaßen buschigen Koteletten, dass man glaubt, er tragt zwei Eichkatzeln spazieren, wie es Strasser später einmal ausdrücken wird. Strassers Verwirrung ist ihm nicht entgangen; er unterdrückt ein Lächeln, gibt aber durch nichts zu erkennen, dass man einander schon begegnet ist.

Savary, der offenbar Dringenderes zu tun hat, beendet die Unterredung bald und schlägt vor, dass der Commissaire und der Capitaine alles Weitere untereinander ausmachen sollten. Worauf Leloup Strasser bittet, ihn in sein Büro zu begleiten, das einige Zimmer weiter gelegen ist, allerdings auf der anderen Seite des Ganges, wo der Blick auf die grauen Hausmauern des Spittelbergs geht. Der Hofrat muss wieder in die Spänglergasse und verabschiedet sich.

Strasser nimmt Platz und versucht, mit einiger Gelassenheit zu sprechen. „Ich habe mich bei Ihnen für die Hilfeleistung von unlängst zu bedanken; es hätte ohne Sie böse ausgehen können. Trotzdem sind Sie mir eine Erklärung schuldig, Capitaine. Sie haben mich vorhin in große Verlegenheit gebracht."

„Nun", sagt Leloup lächelnd, „das bedauere ich. Vielleicht sollten wir beide zunächst einen Cognac nehmen." Ohne abzuwarten holt er aus einer Lade seines Schreibtischs eine Flasche und Gläser und schenkt ein. Strasser widerspricht nicht.

Leloup trinkt mit sichtlichem Genuss.

„Auf Ihre Gesundheit, Commissaire! – Sie fragen sich natürlich, wieso auch ich auf diesen Monsieur Sinzinger gekommen bin. Das war sehr einfach: Wir sind eben beide derselben Spur gefolgt, nur mit verschiedenen Methoden. Dass an dem Einbruch bei Lowentz einer seiner Dienstnehmer beteiligt war, ist mir und sicher auch Ihnen sofort klar gewesen. Meine Methode war es, eine Auswahl zu treffen, welche Personen dafür am ehesten in Frage kommen, und dann bei deren Nachbarn Erkundigungen einzuholen. So habe ich erfahren, dass Madame Sinzinger vor kurzem eine neue Redingote bekommen hat, von der sie stolz herumerzählt, dass sie von einem nicht gerade billigen Laden auf der Tuchlauben stammt. Alles andere war dann Routine. Auf die Art habe ich herausgebracht, wo dieser Mann zum Trinken und zum Glücksspiel hingeht. Ich bin ihm gefolgt, denn ich wollte ihn dazu bringen, dass er mir verrät, wer ihn zu diesem Diebstahl angestiftet hat, Denn was will er denn mit so vielen Jagdgewehren und Zimmerstutzen? Wer hätte ihm die abgekauft?"

Strasser muss widerwillig zugeben, dass der Capitaine in diesem Punkt Recht hat.

„Allem Anschein nach", setzt Leloup fort, „steckt da eine Gruppe dahinter, um die wir uns kümmern müssen – Sie und ich. Ich habe diesem Sinzinger Straffreiheit angeboten, für den Fall, dass er uns die Gewehre gutwillig herausgibt. Oder vielmehr Ihnen. Letzten Endes wären die Waffen ohnehin bei uns gelandet. Leider haben diese Männer aus dem Hinterzimmer den Handel gestört."

Strasser erwartet nicht, dass ihm ein Offizier der Besatzungsmacht die volle und reine Wahrheit sagt. So denkt er auch nicht viel darüber nach, was ihn an Leloups Darstellung stört und wie wenig sie zu der Art und Weise passt, wie Leloup und Sinzinger beisammengesessen sind.

Viel wichtiger scheint ihm, gleich zu Beginn ihrer Zusammenarbeit etwas klarzustellen: „Sie haben damit in unsere Polizeigewalt eingegriffen. Erhebungen in Kriminalsachen fallen auch jetzt noch in unsere Zuständigkeit."

„Oh, aber hier geht es auch um unsere Sicherheit. Ein Waffendiebstahl! Ich hätte Ihnen die Sache zur gegebenen Zeit übergeben. Doch das hat sich erübrigt, da wir ja zusammenarbeiten werden. Haben Sie etwas aus dem Mann herausgebracht?"

Strassers erster Eindruck von Leloup: Ein Offizier von brennendem Ehrgeiz, der jede Vorschrift übergeht, wenn er nur erfolgreich dastehen kann. Der wird noch General oder gar Maréchal. Dieser Menschenschlag ist mit Napoleon gekommen; in der österreichischen Armee hat es dieses Benehmen einfach nicht gegeben. Wenn man da entgegen einem Befehl gehandelt hat, hat man den Maria-Theresien-Orden bekommen oder ist vor ein Erschießungskommando gestellt worden, je nach Erfolg. Und zu Recht. Man wird man aufpassen müssen bei diesem Leloup.

So erstattet er ihm einen kurzgefassten Bericht, verschweigt aber, wie bei Smejkal, dass ihm bei der Ausforschung des Täters der Zufall ihrer früheren Bekanntschaft zu Hilfe gekommen ist.

„Ich habe vor, bei der Übergabe der Waffen einzugreifen", sagt er abschließend, „und wäre dankbar, wenn Sie sich an dem Unternehmen beteiligten, als Mitglied des Unterkomitees – und als Beobachter." fügt er hinzu.

Leloup nimmt dankend an, weist aber darauf hin, dass es in den nächsten Tagen wohl zur Entscheidungsschlacht kommen werde.

„Als Offizier", sagt er, „habe ich an den Sieg meiner Armee zu glauben, aber die Wahrheit ist, dass es danach vielleicht gar kein Komitee oder Unterkomitee mehr geben wird ..."

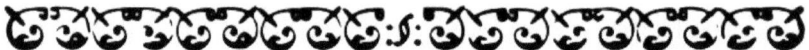

ZEHN

Zur Schlacht ist es gekommen, denn Napoleon hat in der Nacht des vierten Juli seine Armeekorps ans nördliche Donauufer übersetzen lassen, während der Erzherzog Karl die Österreicher von Markgraf-Neusiedl über Deutsch-Wagram bis Aderklaa aufgestellt hat. Jetzt trägt der Wind schon den zweiten Tag das Poltern der Geschützbatterien nach Wien herüber, bisweilen auch das Knattern der Musketensalven. Die Nachrichten vom Schlachtfeld sind für die Österreicher von Stunde zu Stunde unerfreulicher geworden, bis am Nachmittag gemeldet wird, dass der Erzherzog unter großen Verlusten das Feld räumen hat müssen. Obwohl die Franzosen kaum geringere Verluste erlitten haben, sind sie die Sieger. Mit ihrem Abzug aus Wien ist demnach vorderhand nicht zu rechnen, und die polizeiliche Zusammenarbeit muss weitergehen.

Für die Aktion am Tabor hat sich Strasser an die zuständige Bezirkswache „Leopoldstadt und Jägerzeile" wenden müssen. Fünf Mann sind ihm zugestanden worden, darunter der polizeibegeisterte Smejkal, der sich um solche Aufgaben reißt und daher gern dazu eingeteilt wird, auch wenn er einer anderen Wache angehört. Die frühere k.k. Militärpolizeiwache ist vor zwei Jahren aufgelöst worden, was Strasser bedauert. Aber alle Männer sind kräftig und haben den Militärdienst abgeleistet; sie tragen heute nicht den weißen Waffenrock und den Zweispitz, sondern lange Zivilmäntel und führen darunter einen Knüppel oder den kurzen Briquetsabel. Ein paar Blendlaternen haben sie auch mit.

Am Abend haben sie die Unternehmung besprochen, an der sich Leloup als stiller Beobachter beteiligen soll. Um Mitternacht wird es losgehen. Ziel ist das Haus mit der Konskriptionsnummer 458. Strasser selbst wird ums Eck in seinem bevorzugten Komfortable sitzen, gemeinsam mit dem Capitaine, da kann der keinen Schaden anrichten. Die Polizeidiener werden vorher zu unterschiedlichen Zeiten eintreffen, sich in der Umgebung herumtreiben und Besoffene mimen oder Verliebte, wobei man für letzteres ein paar Hübschlerinnen gewonnen hat, die der Polizei hin und wieder dienlich sind. Sobald die Auftraggeber des Sinzinger eingetroffen sind, soll er Harndrang vortäuschen, aus seinem Gewölbe kommen und gegen die Hauswand brunzen. Daraufhin wird Strasser auf einer Trillerpfeife blasen, und das ist dann das Signal für den hoffentlich von Erfolg gekrönten Zugriff.

Leloup hat noch im Oberkommando zu tun, trifft aber rechtzeitig wieder in der Wachstube ein. Auch er hat die Uniform gegen Zivilkleidung getauscht. Die Polizeiagenten haben ihn von Anfang an mit einer Mischung aus Misstrauen und Bewunderung betrachtet. Man hat ihnen nicht im Detail gesagt, um was es geht, und so fragen sie sich, warum nicht nur einer von der Direktion, sondern auch ein Fremder dabei ist, noch dazu einer, dem man den Eisenfresser auf hundert Schritt ansieht. Deshalb hat Strasser die Aktion als eine reine k. k. Angelegenheit dargestellt, und Leloup hat Order, das Komfortable nicht zu verlassen.

Als sie die Wachstube verlassen, geht Smejkal zu einer seltsamen Vorrichtung, die an einem Baum lehnt. Sie sieht aus wie die Hälfte eines Karrens, den man der Länge nach geteilt hat – zwei Räder mit groben Speichen, hintereinander in einem Gestell montiert, und obendrauf ein Sitz wie ein Reitsattel. Smejkal schwingt auch ein Bein darüber, als ob er ein Pferd besteigen wollte.

„Was hat Er da?", fragt Strasser entgeistert.

„Das", erwidert Smejkal nicht ohne Stolz, „ist polizeiliche Laufmaschine. Habe ich selber erfunden und gebaut, weil ich mich ja so fürs Polizeiliche interessier."

Strasser erinnert sich dunkel, dass Smejkal Tischler gelernt hat, bevor er in die Wache eingetreten ist. Auch fällt ihm ein, dass ähnliche Apparate jetzt an verschiedenen Orten draußen in den deutschen Staaten aufgetaucht sind.

„Wozu soll das gut sein?"

„Geht so schnell wie Pferdewagen, bergab sogar noch schneller, auch wenn Dreck auf Straße steht."

„Und warum hat Er diese Vorrichtung mitgebracht?"

„No, wenn heut Nacht einer davonrennen will, hab' ich ihm damit gleich."

„Und wenn die Straße eine Biegung macht – fährt Er dann in die Hausmauer oder in den Graben?"

„Nein, denn geht zum Lenken. So …!"

Und Smejkal bewegt einen langen Hebel, der mit dem vorderen Rad verbunden ist, so dass dieses sich gegen das Gestell verdreht.

„Ich hab' auch noch andere Erfindungen gemacht", fährt er fort, „zum Beispiel einen Polizeispiegel, mit dem man um die Ecken –"

Strasser unterbricht ihn: „Smejkal. Er wird dieses Ding hierlassen! Damit erregt Er nur Aufsehen, und das können wir nicht brauchen."

Dem Smejkal fällt die Kinnlade herunter. Bevor er noch zu einer Gegenrede ansetzen kann, wendet ihm Strasser den Rücken zu und steigt in den Wagen. Leloup hingegen inspiziert das Laufgerät eingehend und stellt Smejkal einige Fragen, die der mit Eifer beantwortet, offenbar in der Hoffnung, die Grande Armée für seine Konstruktion zu interessieren

„Brauchbar?" fragt Strasser, als der Capitaine endlich neben ihm sitzt.

„Brauchbar nicht gerade, aber amüsant. Ich werde jedenfalls meinem General davon berichten."

Die Straßen sind trotz der späten Stunde keineswegs leer. Seit der Kanonendonner jenseits der Donau aufgehört hat, rollt ein endloser Wagenzug durch die Stadt, zu den Verbandplätzen und Lazaretten. Viele der Leiterwagen, auf denen die Verwundeten kreuz und quer im Stroh liegen, hinterlassen eine breite Blutspur. Die Franzosen haben eine Unzahl von Privatfuhrwerken requiriert, denn ihre Ambulanzen reichen nicht aus. Bei Tag haben die

Österreicher ihre Leute wegführen dürfen; die Franzosen haben sich die Nachtstunden vorbehalten, denn die Wiener müssen nicht sehen, wie viele Franzosen es erwischt hat, und dass ein französischer Verwundeter auch nicht viel anders ausschaut als ein österreichischer.

Aber noch viele Tage danach liegen am Schlachtfeld die Verwundeten im Getreide, das jetzt so hoch steht, dass man sie nicht sieht, weshalb sie Fetzen an ihre Musketen binden und damit winken, solange noch Leben in ihnen ist.

Mit den Transporten hat Strasser nicht gerechnet – sein erster Fehler, wie er sich später eingesteht. Wegen der militärischen Fuhrwerke, die alle Vorfahrt haben, kommt das Komfortable nicht gut voran, doch angeregt durch Smejkals Laufrad vertreiben sich die Herren die Zeit mit einem Gespräch über die technischen Neuerungen im Krieg und mit den Sonderlingen und Erfindern, die den beiderseitigen Kriegsministerien derzeit viel Arbeit machen.

Durchgesetzt haben sich eigentlich nur die Montgolfièren, mit denen als erster General Moreau anno Vierundneunzig bei Fleurus in den Niederlanden die Stellungen der Österreicher ausspioniert hat, da sind sie sich einig. Moreau hat an dem Tag gewonnen. Was für die Österreicher noch lange kein Grund war, diese neumodische Narretei nachzumachen, fügt Strasser hinzu. Leloup berichtet von ernsthaften Versuchen der französischen Techniker, ein Schiff zu konstruieren, das tauchen und unter Wasser fahren kann. Die Pläne sind fertig; jetzt arbeitet man angeblich an Geschützen, die unter Wasser abgefeuert werden können.

Das sind unverfängliche Themen; alles was kontroversiell werden könnte, klammern die beiden stillschweigend aus. Gerade noch, dass sie den Polizeiminister Joseph Fouché bereden, den Napoleon im August zum Herzog von Otranto machen wird. Kein Mensch weiß, wo Otranto liegt, aber der Titel ist gerade vakant.

Unter ihrer Unterhaltung hören sie fast den Kutscher nicht, als der anhält und über die Schulter in den Wagen ruft:

„Die Numero Vierachtafuffzig warat da drenten – durt, wo grad der Wagen losfahrt." Soll heißen, dass die gesuchte Hausnummer gegenüber ist.

„Da drenten …?", wiederholt Leloup verständnislos. Und dann sieht auch er es – auf der anderen Straßenseite setzt sich ein unbeleuchteter Wagen in Bewegung und fährt ziemlich rasch und ohne Rücksicht auf die Ambulanzen stadtwärts.

„Himmelfix noch einmal", keucht Strasser, „die sind uns zuvorgekommen. Kutscher, fahr' Er dem Wagen nach!"

Gerade kann der noch mit der Peitsche knallen, dann geht ein Ruck durch den Fiaker, dass man glauben möchte, es zerreißt ihn, und das Vehikel steht wie festgemauert. Das Ross bäumt sich und wiehert.

Strasser und Leloup springen aus dem Fond. Die Ursache der Bremsung ist nicht schwer auszumachen – ein kräftiger Holzprügel, den ein unbekannter Missetäter quer durch die Speichen der Hinterräder gesteckt hat. Jetzt ist auch der Kutscher abgestiegen, und zu Dritt machen sie die Räder wieder frei. Da aber ist der andere Wagen schon lange außer Sicht, und der Kutscher erklärt mit Festigkeit, so gerne er für die hohe Polizei arbeite, werde er doch sein Pferd nicht abmüden, wenn man gar nicht genau wisse, wohin es gehen soll, und die Straße so verstopft ist, dass man nicht auf die andere Seite kommt.

Von den Hilfskräften ist Smejkal als erster da. „Haben Herr Kommissär schon gepfiffen, ich hab' gar nix gehört?", fragt er voller Unschuld.

„Natürlich nicht!", fährt ihn Strasser an und setzt hinzu, der andere Wagen sei ja schon auf und davon. Und warum er nicht eingegriffen habe, er müsse den Wagen doch auch gesehen haben!

Er habe auf das Pfeifsignal gewartet, so wie alle anderen, verteidigt sich Smejkal. Und dann kann er die Bemerkung nicht unterdrücken, dass er auf seinem Laufrad den anderen Wagen mit Sicherheit eingeholt hätte, aber leider …

Dem Strasser liegt die Frage auf der Zunge, was Smejkal in diesem Fall unternommen hätte, wo die andere Seite doch gewiss in der Überzahl gewesen ist und Smejkal zu seinem Schutz höchstens einen Säbel oder Stock gehabt hat. Aber er sagt nichts, denn jetzt muss das Gewölbe inspiziert werden. Ein paar Polizeidiener lässt er ausschwärmen und nach den Gaunern fahnden, die ihnen den Prügel in die Speichen praktiziert haben. Sie werden nichts finden, das weiß er jetzt schon.

Das Gewölbe auf Nr. 458 ist unversperrt. Während die Polizeiagenten in alle Winkel hineinleuchten, empfindet Strasser ein immer stärker werdendes Gefühl der Beunruhigung. Er hat den Sinzingers leichtfertig Sicherheit garantiert, um an Informationen zu kommen, und das bringt eine gewisse Verantwortung für alle drei mit sich. Die Hintermänner des Sinzinger müssen herausgekriegt haben, dass er sie an die Polizei verraten hat, und nachdem er ihnen das Gewölbe aufgesperrt hat, haben sie ihn nicht mehr gebraucht, schon gar nicht, wo er noch Geld zu bekommen hätte.

Doch zu Strassers vorläufiger Erleichterung liegt kein toter Sinzinger im Gewölbe. Nur Gerümpel, vielleicht Hehlerware, die nicht zu verkaufen gewesen ist.

Und die Gewehre, sorgfältig in Ölpapier eingewickelt. Strasser zählt sie ab. Nur zehn sind es, aber besser als nichts ...

Die Besteller des Einbruchs allerdings sind entkommen. Strasser muss sich selbst und dem Capitaine eingestehen, dass er die Hauptschuld an der Blamage trägt.

„Meinen Sie, dass dieser Sinzinger wirklich Ihr Unternehmen verraten hat?", fragt Leloup, dem anzumerken ist, dass er jetzt über seinen bloßen Beobachterstatus sehr froh ist.

„Es gibt keine andere Erklärung. Aber danach haben diese Gauner wahrscheinlich auch ihn mit der Vorverlegung des Treffens überrumpelt. Ich wüsste gerne, wo er jetzt ist. Ich habe immer noch die Hoffnung, dass er das Gewölbe aufgesperrt hat und dann weggegangen ist."

Leloup blickt zweifelnd drein. „Also ich fürchte", sagt er, „da sind Sie allzu optimistisch. Er weiß doch sicher viel mehr, als er Ihnen bisher gesagt hat!"

Strasser weiß, was Leloup nicht ausspricht. Nämlich, dass Sinzinger wohl nicht mehr am Leben ist.

Trotzdem erteilt Strasser einen mündlichen Festnahmebefehl und wartet bis in die frühen Morgenstunden auf der Bezirkswache, von immer stärker werdenden Gewissensbissen geplagt. Das Ergebnis fällt aus, wie er es befürchtet hat – den Sinzinger hat man nicht daheim angetroffen, und seine Frau hat angegeben, dass er am Abend ausgegangen ist, ohne ihr zu sagen, wohin, und dass sie sich schon große Sorgen um ihn macht.

ELF

Die Schlacht ist verloren, da kann man nichts machen, doch die Wiener lassen sich von einer solchen blöden Geschichte keineswegs in ihren Vergnügungen stören. Die Wirtshäuser und Heurigen sind voll wie eh und je, und eine Tarockpartie von Beamten der Oberdirektion, die wegen einer dringenden Besprechung abgebrochen worden ist, wird schon am nächsten Abend fortgesetzt. Wie in Wien üblich, konzentriert sich das öffentliche Interesse auf ein interessantes Nebenthema, in diesem Fall, ob der Bruder des Kaisers, der Erzherzog Johann, an dem Debakel schuld ist, weil er sich mit seinem Armeekorps am Weg von Preßburg herauf verspätet hat, oder vielleicht doch nicht. Und ob diese 17.000 Mann überhaupt das Kraut fett gemacht, sprich: einen Unterschied ausgemacht hätten.

Die einquartierten Grenadiere in der Alleegasse sind nur mehr zu dritt. Einer liegt im Lazarett, und der andere wird vermisst, erzählen sie radebrechend.

„Heut soll uns der Herr Göd bitte was von der Schlacht erzählen!", verlangen die Zwillinge nach dem Nachtmahl. Auch Annamirl ist zum Spielen heruntergekommen.

Strasser hat andere Sorgen. „Das könnt ihr alles irgendwo lesen."

„Nein, die wo der Herr Göd dabei war!", rufen sie wie aus einem Mund.

„Das ist nicht schön und nicht lustig und von keinerlei erzieherischem oder geistlichem Wert."

„Bitte …!"

„Also gut, erzähl ich euch halt – Das war in Italien, bei dem Ort … jetzt fallt er mir nimmer ein." sagt Strasser, obwohl er den Namen nie vergessen wird. Aber er will Annamirl eine Freude machen.

„Marengo", sagt sie prompt, denn sie hört die Geschichte nicht zum ersten Mal.

„Ja, bei Marengo. – Ihr dürft aber nicht glauben, dass ich was über die Schlacht erzählen kann. Der gemeine Mann hat ja keinen Überblick, was da vor sich geht, und die Offiziere meistens auch nicht, weil niemand sagt ihnen was, und überall steht der Pulverdampf. Alles was ich weiß, hab' ich erst danach erfahren. – Also damals haben wir gemeint, wir hätten die Schlacht gewonnen, weil die Franzosen sich schon zurückgezogen haben. Aber dann ist etwas passiert: Der Napoleon hat nämlich in der Früh nicht gewusst, wo wir stehen, und hat den Desaix und den Kellermann mit der Kavallerie ausgeschickt. Gefunden haben die uns nicht, aber sie haben aus der Ferne das Geschützfeuer gehört und sind zurückkommen, noch halbwegs frisch und ohne Verluste. Der Napoleon hat sie gleich gegen uns geworfen, und das war für unseren General eine böse Überraschung, denn inzwischen war unsere ganze Ordnung aufgelöst und die halbe Mannschaft besoffen. Ich weiß nur, dass es auf einmal geheißen hat: Gschwind Front machen! oder Karrée bilden! – und dann ist schon ein Kürassier auf mich losgeritten, als ob er es just auf mich abgesehen hätt', wo doch so viel andere da waren. Ich hab' noch auf die linke Seite vom Ross wollen, wo er mich mit dem Pallasch nicht so leicht erwischen kann, aber es war zu spät. Er hat mir den Tschako auf zwei Teile gehaut und hätt' mir fast einen neuen Scheitel gezogen. Und weil ich von dem Hieb ganz damisch war, bin ich später am Rückzug auch noch mit dem Fuß unters Rad von einem Menage-Wagen gekommen. Das spür ich bis heute."

„Und dann?" fragt Annamirl.

„Dann hat am nächsten Tag unser Oberkommandierender, der Feldzeugmeister Melas, beim Napolium um Waffenstillstand angesucht."

„Aber nein – was dann mit dem Herrn Göd war."

„Ach so. – Na, ein Invalider war ich und hab' den Rest vom Feldzug Charpie zupfen dürfen und Erdäpfel schälen. – Danach haben sie mich in der Wiener Alser-Kaserne als Gendarm ausgebildet und zum Justitiar nach Drosendorf und später nach Hollabrunn geschickt, weil fürs Versorgungsheim hab' ich mich halt noch nicht qualifiziert. Dort hab' ich eure Eltern kennengelernt."

„Und den Grasl gejagt!" sagt Annamirl mit leuchtenden Augen.

„Den alten Abdecker, ja. Aber nie erwischt. Weil die Abdecker in der ganzen Gegend, auf beiden Seiten von der Grenze, haben ja zusammengehalten wie Pech und Schwefel. Bis er in den Kerker gekommen ist für drei Jahr'.

Aber da gibt es einen Sohn, nicht viel älter als ihr, und wenn der Alte heuer wieder freikommt, dann wird man von den beiden noch viel hören."

„Bittschön erzählen!"

„Das ist eine andere Geschichte, die gibt es auf ein anderes Mal."

„Und wie ist der Herr Göd nach Wien gekommen?", will Peter wissen, um die Erzählung noch etwas zu verlängern.

„Die Wiener Polizei hat Leute gebraucht, und ich hab' mich beworben. Weil Krieg war, ist das ganz leicht gegangen. Dann war ich bei der Bezirkswache, und weil ich ein paar Verbrechen aufgedeckt oder verhindert hab', bin ich in die Direktion gekommen. Dann der übliche Weg – Aspirant, Praktikant, Kanzlist, Akzessist, Konzeptsbeamter. Daneben die ‚Philosophischen Studien' an der Universität, weil ein Polizist muss ja gebildet sein. Und so weiter."

Als Annamirl nach Hause gegangen ist und die Zwillinge im Bett sind, tut Strasser etwas, was er nur selten tut: Während er Frack und Pantalons auszieht und sorgfältig in den Kasten hängt, spricht er mit seiner Frau über den Fall, denn der beschäftigt ihn.

„Der Sebastian Sinzinger", sagt er, „hat nie gutgetan. Dabei hätt' er alle Möglichkeiten gehabt. Um die Position beim Lowentz hätten sich manche alle zehn Finger abgeschleckt ..."

Und dann erzählt er, wie man das Waisenkind Sebastian nach Ferlach in Kärnten zu einem Büchsenmacher in die

Lehre gegeben hat, weil er für die Mechanik begabt war. Wie den anderen Lehrburschen und Gesellen dann aber immer wieder Wertsachen abhandengekommen sind, bis der Verdacht auf den rachitischen Buben aus Wien gefallen ist. Schon haben sie eine Bestrafung für ihn ausgeheckt gehabt, bei der Schießpulver, Waffenöl und Schmierfett eine große Rolle gespielt hätten, aber der Meister hat davon Wind bekommen und den Sebastian rechtzeitig nach Wien zu seinem Vormund zurückgeschickt.

Trotz dieses Eklats ist er beim Lowentz untergekommen und hat recht brav gearbeitet, halt nicht als Geselle, sondern als einfacher Arbeiter, bis er vor kurzem wegen seines Saufens und seiner Spielverluste für Versuchungen allzu empfänglich geworden ist.

„Du kennst ihn also von früher?", fragt Kathi, und Strasser, bereits im Nachthemd, erzählt ihr auch diese Geschichte. Wie er den Sinzinger bei etwas Gesetzwidrigem erwischt, aber darüber hinweggesehen hat. Nicht aus Gutmütigkeit übrigens – so wie bei einigen anderen Missetätern hat er fürs Laufenlassen verlangt, dass sie ihm Sachen zutragen. Und weil der Sinzinger einen Großteil seines Erdenlebens in Wirtshäusern verbringt, und nicht in den vornehmsten, hat Strasser von vielen Dingen erfahren, die ihm dann recht nützlich gewesen sind.

Genau genommen war es Sinzinger, der ihm die Beförderung zur Geheimen Staatspolizei verschafft hat.

Denn wie im Fünferjahr der Bäckerrummel war, hat ihm Sinzinger gewisse Vorhaben der Aufrührer verraten, so dass Strasser mehr als einmal dafür gesorgt hat, dass Polizei und Dragoner rechtzeitig zur Stelle waren, bevor die Proletarier noch größeren Schaden anrichten haben können. So ist man auf Strasser aufmerksam geworden und hat befunden, dass er der richtige Mann für das Spitzelwesen und für die Oberdirektion wäre. Denn er redet die Sprache des Volkes, und die Stadtleute haben aus unerfindlichen Gründen mehr Vertrauen zu Einem vom Land, also einem sogenannten „Gscherten", als zu einem echten Wiener.

Mit dem Sinzinger hat er sich oft unterhalten, wenn der ihm Neuigkeiten gebracht und seinen Spitzellohn kassiert hat. Und einen privaten Akt über ihn hat er angelegt, mit Kopien aus anderen Akten, vom Findelhaus bis zum Kriminalgericht.

Kathi hat gegen Ende schon recht kleine Augen bekommen, aber Strasser löscht das Licht auf seinem Nachtkästchen erst lange nach Mitternacht, obwohl Wachskerzen jetzt fast unerschwinglich teuer sind.

ZWÖLF

Strasser ist zum Hofrat berufen worden, der etwas über das Gemeinsame Unterkomitee erfahren möchte. Er kann ihm nur berichten, dass demnächst die erste Sitzung stattfinden wird. Und er benützt die Gelegenheit, wenn schon nicht Metternich persönlich, so doch dessen Abbild ein wenig auszuhorchen.

„Was meinen Herr Hofrat, was passiert, falls der Kaiser – trotz der Bemühungen des Unterkomitees – ermordet werden würde?"

„Welchen Kaiser meinen S' denn?", fragt der Hofrat, der nur den Kaiser von Österreich und den von Russland gelten lässt.

„Den Bonaparte."

Der Hofrat muss gar nicht lange nachdenken.

„Also – falls es geschieht, solang er noch in Österreich ist, sind wir bis hinauf zu Seiner Majestät die Hauptverdächtigen. Wir müssten dann mit schwersten Repressalien rechnen, wenn wir uns nicht von dem Verdacht reinigen können. Am schlimmsten wäre es natürlich, wenn er den Anschlag überlebt."

„Und wenn der Anschlag gelingt – was wird sich in Frankreich tun?"

„Schwierige Frage, denn es gibt ja keinen designierten Nachfolger. Von seinen Brüdern und Neffen kommt jedenfalls keiner in Frage, und wenn doch, wird er sich nicht lange halten. Der Napoleon hat die Absicht, eine

Dynastie zu gründen, und drum sucht er eine Prinzessin aus einer halbwegs honorigen Familie, egal welche, und die hat er noch nicht. Weil mit der Zarentochter, die er sich derzeit einbildet, wird's wahrscheinlich nix werden."

„Es könnt also auch einer von den Marschällen die Macht ergreifen – der Murat vielleicht? Beim Militär dürfte er ganz beliebt sein, und er ist der Schwager vom Napoleon."

„Ach, der Murat ist doch nix als wie ein besserer Zirkusreiter! Und in seinem Königreich Neapel viel zu weit weg. Bis den die Nachricht von Napoleons Tod erreicht, ist sicherlich in Paris ein anderer schon schneller gewesen."

„Was erwarten sich die Royalisten von einem Anschlag?"

„Ja, die schlichteren Gemüter unter ihnen erhoffen sich wahrscheinlich eine Rebellion, die das ganze Regime mit einem Schlag hinwegfegt. Nur wird's das nicht geben, denn die Armee ist immer noch die größte Macht im Staat, und die ist für den Napoleon, so wie ein Großteil der Franzosen. Aber wenn dem Napoleon irgendein Familienmitglied ohne Hirn und ohne Charisma nachfolgen würde, dann wäre das ein erster Schritt zur Restitution der Bourbonen."

ෆ෫

Als Strasser in sein Büro zurückkehrt ist, meldet ihm der Amtsdiener eine Madame Sinzinger, die ihn zu sprechen wünscht. Sie trägt tiefe Trauer. Es ist geschehen, was Strasser schon die ganze Zeit befürchtet hat: Sinzinger ist wieder aufgetaucht, dies übrigens im wahrsten Sinn des Wortes, denn man hat ihn unten bei Mannswörth aus der Donau gezogen. Strasser weiß, dass Wasserleichen von Natur aus nicht weit kommen und bald irgendwo angetrieben werden. Wenn sie ausnahmsweise von Wien bis Hainburg oder Preßburg gelangen, dann nur deshalb, weil sie unterwegs von Herrschaftsförstern oder Wildhütern aufgefunden, aber mit einem Fußtritt wieder auf die Reise geschickt worden sind, denn so ein Fund macht ja Scherereien. Sinzinger aber ist von einem geistlichen Herrn gefunden worden, der grad beim Brevierlesen war und aus Pietät Meldung gemacht hat, und die dortige Herrschaft hat von einer „ertrunken gefundenen Mannsperson" nach Wien berichtet. Die Sinzingerin hat bereits eine Abgängigkeitsanzeige gemacht und täglich am Totenbeschau-Amt nachgefragt, bis ihr heute die Siechknechte die traurige Nachricht gebracht haben. Sie hat ihren Mann in der Mannswörther Leichenkammer identifiziert und darf ihn begraben lassen, denn amtlicherseits ist man der Ansicht, dass er stockbesoffen ins Wasser gefallen ist.

Strasser ist bezüglich der Todesursache skeptisch, aber auf jeden Fall kondoliert er einmal.

Die Witwe ist recht gefasst, in Anbetracht des Umstands, dass sie ihren abgängigen Ehemann als einigermaßen reife Wasserleiche wiedersehen hat müssen; aber sie hat sich schon hinreichend ausgeweint und muss jetzt schauen, wie das Leben für sie und das Kind weitergeht. Sie macht Strasser oder den Behörden generell keinen Vorwurf; sie hat schon immer damit gerechnet, dass ihr Mann ein böses Ende nehmen wird, aber an der amtlichen Version hat auch sie ihre Zweifel.

„Dass er besoffen war, glaub ich gern, aber wie soll denn der Sebastian zur Donau gekommen sein, wo das doch überhaupt nicht seine Gegend war …"

Strasser überlegt. „Kann die Madame aus Wien weg?"

„Sicher, aber warum sollt' ich?"

„Weil Ihr Mann sich mit gefährlichen Verbrechern eingelassen hat. Hat die Madame dazu irgendwelche Beobachtungen gemacht?

„Nie! Ich hab' nur gemerkt, dass er auf einmal Geld gehabt hat. Gesagt hat er, er hätte es beim Pharaospiel gewonnen. Das ist alles. Ich könnt' ja gar nix verraten, sogar wenn ich wollte."

„Das wird aber diesen Leuten egal sein. Und deshalb soll Sie die Stadt verlassen. Auf ein oder zwei Monate. Und niemandem sagen, wohin. Außer uns natürlich."

„Ja, um Gottes willen – könnt' mir wer nach dem Leben trachten?"

„Sie könnt' auch in die Donau fallen, wie Ihr Mann. Alsdann?"

„Ich hab' eine Tante in Maria Taferl. Aber dort muss ich auch leben, und Geld ist keins mehr da."

Sie möge am nächsten Tag wiederkommen, ordnet Strasser an. So wie alle Kommissäre verfügt er über „geheime Polizei-Gelder", die er ohne genauere Abrechnung verwenden kann, hauptsächlich zur Bezahlung von Zuträgern und Spionen. Gott sei Dank ist das Rechnungsamt in solchen Angelegenheiten nicht allzu penibel, und wenn doch, so wird er die Madame Sinzinger als wichtige Konfidentin darstellen.

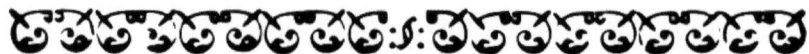

DREIZEHN

Nach einem kleinen Gulasch – ein großes kann er sich derzeit nicht leisten – und einem Krügel Bier am polizeilichen Stammtisch im Spängler-Keller wandert Strasser die Unteren Tuchlauben hinunter, am Kriminalgericht am Hohen Markt vorbei bis zur Salvator-Gasse, wendet sich dann nach links und gelangt hinter dem Tiefen Graben ins „Elend", wo das Totenbeschreibungs-Amt angesiedelt ist. Nach Elend sieht es dort nicht aus – der Name hat vielmehr mit „Ausland" zu tun, weil sich dort Fremde gern niederlassen. Im Amt verlangt er den Totenbeschauer zu sprechen, der vor einigen Tagen gemeinsam mit der Witwe in der Mannswörther Leichenkammer den Sebastian Sinzinger inspiziert hat. Ein gewisser Pferner, Adjunkt und Infektions-Wundarzt, bittet ihn in seine Amtsstube. Strasser zeigt seine Kokarde und beginnt, den jungen Mediziner zu verhören.

„Herr Doktor Pferner, laut Protokoll hatte der Tote unter anderem eine gebrochene Nase sowie diverse Kontusionen und Lazerationen, was für eine Wasserleiche ungewöhnlich ist."

„Nicht so ungewöhnlich, Herr Kommissär, das alles kann im Wasser passiert sein – etwa, weil die Leiche irgendwo angestoßen ist."

„Die Leich', sagen Sie… Hätte aber auch noch zu Lebzeiten passieren können?"

„Möglich. Nur wenn es so war, hat er dann nicht mehr lange genug gelebt, dass auch eine Schwellung entstanden wäre oder eine Blutung. Und falls Blut da war, hat das Wasser es abgewaschen."

„Eine Schlägerei, bei der er ins Wasser gefallen ist …?", mutmaßt Strasser.

„Na ja – der Tote hat mir nicht gerade nach einem Raufer ausgesehen. Rachitische Beine, schwächliche Statur … So einer prügelt sich nicht, wenn's nicht sein muss."

„Haben Sie auch seine Hände angeschaut?"

„Ah ja, gut, dass Sie mich daran erinnern. Da scheint er sich auch verletzt zu haben, aber nur geringfügig."

„Wie meinen Sie das?"

„Unter einigen Fingernägeln war Blut. Aber das war nicht kausal – soll heißen, daran ist er nicht gestorben."

Strasser möchte sich an den Kopf greifen vor so viel Borniertheit. Dass es fremdes Blut sein könnte, darauf ist der Arzt nicht gekommen. Das Fach „Polizei-Medizin" gibt es an der Wiener Uni leider erst seit ein paar Jahren. Soll er jetzt eine Exhumierung anordnen und Sinzinger aus seinem Armengrab holen? Aber was kann schon dabei herauskommen? Wichtiger sind die anderen Dinge, die der Arzt gesehen aber nicht in den Bericht hineingeschrieben hat, weil sie ihm nicht wichtig erschienen sind,

„War da sonst noch etwas, was für eine Wasserleiche untypisch ist?"

„Na ja, das Rosshaar."

„Was ist damit?"

„Die linke Hand von dem Toten war geballt, und wie wir die Faust gelöst haben, war darin Rosshaar."

Strasser schließt für einen Moment die Augen. Er sieht die Szene vor sich, und er wird sie leider noch oft vor seinem geistigen Auge sehen: Eine Kutsche an einem einsamen Uferstück der Donau, vielleicht im Prater. Im Fond des Wagens Sinzinger, halb auf einer Bank liegend. Zwei Männer, die auf ihn einschlagen, ihm Fragen stellen, ihn beschimpfen und verfluchen, wieder und wieder zuschlagen; Sinzinger, der einen von ihnen kratzt und sich im Lederpolster festkrallt, weil er weiß, was ihm bevorsteht. Dann der Hieb, der ihm das Bewusstsein raubt, der Sturz in die rasch fließende Donau, vielleicht noch ein letztes Erwachen und Strampeln, gleich darauf das Ende …

„Vermutet die Polizeibehörde einen Raubüberfall oder ein sonstiges Verbrechen?", will Doktor Pferner jetzt wissen.

„Nein, es handelt sich zweifellos um einen Unglücksfall.", sagt Strasser. Er lüftet den Zylinder, verbeugt sich und geht.

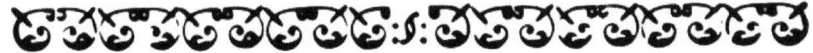

VIERZEHN

Leloup hat die Lage klar umrissen: Das Unterkomitee könne vieles tun, aber kaum ein Attentat auf den Kaiser der Franzosen verhindern. Wichtig sei nur, dass er und der liebenswürdige Commissaire abkommandiert und von einem Teil ihres regulären Dienstes freigestellt worden seien. Um den Schein zu wahren, müssten sie jetzt häufig Dienstgespräche führen und über das, was dabei von ihnen getrunken und verzehrt würde, genau abrechnen. Auch sollten sie jetzt schon für den Fall eines Anschlags auf Napoleon – ob er nun gelänge oder nicht – eine Art Rechtfertigung oder Erklärung vorbereiten, warum gerade diese Mordtat nicht vorherzusehen oder zu verhindern gewesen sei.

Solche Gedankengänge sind Strasser von der österreichischen Beamtenschaft her nicht ganz fremd; trotzdem meint er, dass sie ehrlich und nach Kräften versuchen sollten, ihrem Auftrag nachzukommen.

„Aber gern," erwidert Leloup, „vorausgesetzt, wir machen das immer in einem anständigen Kaffeehaus, denn viel mehr als dienstliche Gespräche kann man von uns nicht erwarten. Noch dazu, wo der Wiener Kaffee immer schlechter wird."

Und so konferieren sie im „Milanischen" am Kohlmarkt oder im „Taronischen" am Graben, manchmal im „Silbernen" von Augustini auf der Rotenturmbastei, später auch bei ausgedehnten Spaziergängen auf der

Bastei, am Glacis oder im Augarten. Strasser legt Wert auf Abwechslung, denn allzu regelmäßige Treffen fallen auf und könnten belauscht werden.

„Ich meine", eröffnet Leloup beim ersten Treffen in bester Laune das Gespräch, „wir müssen herausarbeiten, womit wir zu rechnen haben."

Es ist Mittag, und sie sitzen bei Milani, erste Reihe am Gehsteig. Auch wenn zufolge der Kontinentalsperre dem Kaffee für die Allgemeinheit immer mehr Zichorie zugesetzt wird, und die Portionen immer kleiner werden, öffnen die Cafetiers für Leloup und seinen Gast regelmäßig irgendwelche geheimen Vorräte der echten Ware, die den Zöllnern entgangen sind.

Leloup bevorzugt Kohlmarkt und Graben, denn da kann er um die Mittagszeit die Freudenmädchen inspizieren, wenn sie aus der Messe in St. Stephan und St. Peter kommen. Sie sind noch nicht so zahlreich, wie sie ein paar Jahre später beim Kongress sein werden, aber die Besatzungsmacht hat doch für starken Zustrom gesorgt.

„Verehrter Capitaine", erwidert Strasser, „womit wir zu rechnen haben, das wissen Sie am besten, denn auf einen Mann wie Napoleon sind gewiss mehr Anschläge verübt worden, als die Welt je erfahren wird."

„Darüber zu sprechen bin ich nicht befugt, aber Ihre Vermutung ist nicht ganz falsch. Und ich füge hinzu: Keinen dieser Anschläge hätte man vorhersehen können."

„Und warum gerade jetzt diese Besorgnis um das Leben Ihres Kaisers? Hat es einen Anlass gegeben? Uns ist nichts bekanntgeworden."

Leloup zieht eine ganze Weile an seiner Zigarre. Ein Mädchen hat ihm einen verheißungsvollen Blick zugeworfen, und er ist abgelenkt. Als er sich endlich losgerissen hat, schlägt er einen Spaziergang auf der Bastei vor. Strasser ist gerne dabei, denn es gibt in Wien kaum eine schönere Promenade. Die Gründe von Leloup sind mehr konspirativer Art.

„Sie wissen doch", sagt Leloup, „was sich am 28. Juni ereignet hat, als der Kaiser auf dem Weg von der Lobau nach Schönbrunn war?"

„Na, das Pferd von diesem Bürgergardisten ist durchgegangen. Aber sonst ist ja nichts passiert."

„So haben wir es dargestellt. – Wohlgemerkt, was ich Ihnen erzähle, unterliegt der Geheimhaltung! Deshalb wollte ich auch nicht im Milani bleiben."

Nachdem Strasser ihn seiner strengsten Verschwiegenheit versichert hat, setzt Leloup fort:

„Durchgegangen ist in Wahrheit Napoleons Pferd, und der Gaul von diesem Reich ist ihm nur gefolgt. – Seiner Eskorte hat der Kaiser nachher mitgeteilt, dass er ein wenig Bewegung wollte; daher der Galopp. Nur die Gendarmen hat er auf eine blutende Wunde am Pferd aufmerksam gemacht, die von einer Kugel stammte, die zweifellos für ihn bestimmt war. Der Schuss muss in großer Entfernung abgegeben worden sein, denn niemand hat etwas gehört. Die Kugel war auch schon schwach und ist nicht tief eingedrungen; deshalb konnte der Kaiser seinen Ritt fortsetzen."

„Hat man nach dem Täter gesucht?"

„Zwei Gendarmen haben sich unauffällig entfernt und sind auf Büchsenschussweite in die Richtung geritten, aus der der Schuss gekommen sein dürfte. Sie haben nichts Verdächtiges entdeckt – kein Wunder, denn dort ist eine Kellergasse neben der anderen, und in jedem Keller konnte der Schütze sich verstecken. Eine allgemeine Fahndung hat man unterlassen – denn Attentate sollen nicht bekannt werden. Sie wissen ja, dass Napoleon den Julius Cäsar für einen perdant oder raté[3] gehalten hat, weil er sich ermorden ließ. Aus den gleichen Gründen ist das verletzte Pferd auch gleich nach der Ankunft in Schönbrunn geschlachtet und dem Küchendienst übergeben worden. Nach Entfernung der Kugel natürlich."

Strasser ist nachdenklich geworden. Die Aufgaben des Unterkomitees stellen sich jetzt doch etwas anders dar als erwartet.

„Ja, und sollen wir jetzt den Schützen finden?"

„Aber nein! Der Anschlag war harmlos; das könnte auch ein junger Bub mit einem alten Jagdgewehr gewesen sein. Das wird sich nicht wiederholen, und außerdem reitet der Kaiser jetzt jedes Mal eine andere Route, wenn er die Stellungen in der Lobau inspizieren will. – Man

---

[3] Perdant / raté – frz. für Versager oder Verlierer

erwartet vielmehr, dass wir herausfinden, von welcher Seite weitere Anschläge zu erwarten sind. – Und natürlich wo und wann."

„Dazu brauchen wir wohl eine Zigeunerin mit einem Spiel Tarot-Karten."

„Überlegen wir uns doch," sagt Leloup zum Abschied, „was uns so einfällt, wenn wir an ein Attentat und vor allem an einen Attentäter denken. Bis zum nächsten Mal!"

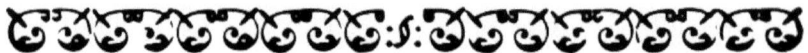

FÜNFZEHN

Eine Woche später spielt das Unterkomitee im Taronischen Kaffeehaus zunächst ein paar Partien Billard und zieht sich dann in ein leeres Raucherzimmer zurück, denn das Wetter ist schlecht, und Leloup will eine Zigarre rauchen. Ein paar Worte von ihm haben bewirkt, dass der Oberkellner andere Raucher am Eintritt hindert und in andere Zimmer verbannt.

Leloup fragt: „Haben Sie sich mit unserem Arbeitsthema befasst?"

Strasser sagt: „Nun, ich habe ein wenig darüber nachgedacht und nachgelesen. Das Haus Habsburg ist ja von Attentaten weitgehend verschont geblieben, aber andere Dynastien bieten Beispiele genug. Jedenfalls scheint es mir, dass es zwei Arten von Attentätern gibt: Da sind einmal die Märtyrer. Sie haben mit dem Leben abgeschlossen und rechnen damit, gleich umgebracht oder wenig später hingerichtet zu werden. Die dürften sich ihren Lohn im Himmelreich erwarten."

„Ravaillac und Damiens!"

„Wie bitte?"

„Der erste hat unseren König Henri Quatre auf dem Gewissen, und der andere hat es bei Louis Quinze wenigstens versucht. Die haben beide gewusst, was sie erwartet, aber das hat sie nicht abgehalten."

Strasser fällt ein, wie er als Bub mit einer gewissen Faszination von der Folterung und stundenlangen

Exekution des Ravaillac gelesen hat. Bei Damiens, anderthalb Jahrhunderte später, hat man diese Prozeduren gewissermaßen kopiert, und der berühmte Casanova hat beschrieben, wie das grausige Schauspiel manche der zuschauenden Damen an den Rand des Orgasmus gebracht hat.

„Oder der muselmanische Fanatiker, der in Kairo Ihren General Kléber erstochen hat. Ist der nicht gepfählt worden?", sagt Strasser.

„Richtig. Die Methode, die am angenehmsten beginnt und am scheußlichsten endet, wie es einer unserer Witzbolde ausgedrückt hat. Vorher hat man ihm noch die rechte Hand weggebrannt. Ich war damals dabei, als Angehöriger des Expeditionskorps', und wir alle haben zuschauen müssen. Dem Delinquenten hat man ja reichlich Opium eingegeben, uns leider nicht."

„Wie ist der Anschlag erfolgt?"

„Es war auf der Straße. Der Kerl hat getan, als ob er betteln wollte, hat mit der einen Hand den General am Arm gepackt und mit der anderen etliche Male zugestoßen. Es war nicht zu verhindern."

„Aber wäre Kléber von Leibwächtern umringt gewesen – "

„Dazu war kein Anlass; es hätte lächerlich gewirkt, denn die Stimmung in Kairo war nicht feindselig. Der Mann kam aus Syrien und war von seinen Koranlehrern aufgehetzt worden."

„Was einem Fanatiker und Spinner so in den Sinn kommt, lässt sich einfach nicht berechnen", sagt Strasser,

„weshalb wir also auf diejenigen achten müssen, hinter denen eine Gruppe steht. Ich meine, hier kommt es darauf an, ob der Attentäter am Leben zu bleiben hofft. Das wäre die zweite Kategorie. Ein solcher wird seinen Anschlag sorgfältiger planen."

„Damit er sich den Rückzug freihält."

„Natürlich. – Nur ändert sich damit auch die Methode. Das Messer kommt da nicht mehr in Frage, und es bleibt wohl nur die Kugel. Ein guter Schütze kann auf 70 bis 80 Ellen oder 50 Meter einen sicheren Treffer anbringen, das wissen Sie so gut wie ich. Weit genug, um sich anschließend aus dem Staub zu machen."

Leloup nickt nachdenklich. Strasser fährt fort: „Ich frage mich, ob ein solcher Schütze nicht die besten Chancen als Soldat hätte? Ihr Kaiser soll ja von großem persönlichem Mut sein, hört man, und in der Schlacht oft in vorderster Linie stehen."

Leloup schüttelt den Kopf. „So hört man. Man hört aber auch von Doppelgängern, die Schüsse auf sich ziehen sollen. Und wenn der Kaiser sich wirklich so heldenhaft zeigt, dann immer nur inmitten seiner treuesten Truppen. – Doch für das Schlachtfeld sind wir nicht verantwortlich; untersuchen wir lieber, wer wohl Interesse am Tod des Kaisers haben könnte." Und Leloup blickt zu einem Porträt Kaiser Franz des Ersten hinauf, der noch bis vor wenigen Jahren Franz der Zweite gewesen ist.

Strasser folgt diesem Blick und sagt mit Nachdruck: „Ich betone schon hier und jetzt, dass der Kaiser von

Österreich[4] keinen Meuchelmord an einem anderen Monarchen in Auftrag gibt oder auch nur zulässt. Diese Möglichkeit können wir ausschließen."

Über Leloups Gesicht geht ein flüchtiges Grinsen. Und laut sagt er: „Wer käme sonst in Frage? Patriotische Kreise, aber natürlich ohne höheren Auftrag?"

„Sie meinen so Leute wie die um Collin oder Castelli? Die dichten doch höchstens Kriegslieder, hüten sich aber vor Taten."

„Außer sie finden einen Idioten, der ihre Gedichte in die Tat umsetzt. – Und was ist mit den Jesuiten? Mit den Freimaurern oder den Illuminaten?"

„Die Jesuiten hat Kaiser Josef der Zweite abgeschafft. Von geheimen Umtrieben bei den anderen Orden ist mir nichts bekannt. ... Und die Freimaurer wiederum reichen bis in die höchsten Kreise – Napoleon soll ja selbst dazugehören."

„Die Jakobiner?"

„Da hat es ein Kriminalverfahren gegeben, vor bald fünfzehn Jahren. In Polizeikreisen wird heute noch debattiert, ob und inwieweit diese Leute gefährlich waren

---

[4] Franz II. nahm 1804 den österreichischen Kaisertitel an, da sich die Auflösung des Heiligen Römischen Reiches Deutscher Nation schon deutlich abzeichnete und Napoleon sich in diesem Jahr gleichfalls zum Kaiser gekrönt hatte. Nach zwei Jahren mit doppeltem Kaisertitel legte Kaiser Franz die Reichswürde zurück und erklärte das Reich für aufgelöst. Danach, als erster Kaiser von Österreich, war er Franz I.

und ob die harten Urteile gegen sie gerechtfertigt waren. Seither war nichts."

„Und was ist mit den Emigranten?"

„Nur wenige hätten einen Grund. Napoleon hat sich ihnen gegenüber ja sehr freundlich gezeigt, und viele sind auch schon heimgekehrt, vor allem die, denen entzogene Besitztümer zurückgegeben worden sind. Die meisten, die jetzt noch da sind, waren schon in Frankreich arme Hunde, sie verdienen sich ihr Geld als Tanzmeister, Fechtmeister, Sprachlehrer. Fast alles Royalisten. Auch ein paar Hochverräter sind dabei, die mit uns oder mit den Engländern paktiert haben und jetzt in Frankreich per Steckbrief gesucht werden. Die Reicheren unter ihnen sammeln sich um einige Aristokraten, trauern den alten Zeiten nach und verehren den sogenannten Ludwig den Achtzehnten und seine Brüder. Derzeit sind in ihren Kreisen viele Franzosen, die erst mit Ihrer Armee nach Wien gekommen sind, als Militärs und als Zivilbeamte. Wie Sie wissen, gibt es auch unter diesen geheime Royalisten, die von einer Restauration der Bourbonen profitieren würden."

Leloup rührt in seinem Doppelkaffee mit Obers.

„Was sagt man eigentlich bei Ihnen, was geschehen würde, falls der Kaiser tatsächlich ermordet wird. In Wien ermordet, meine ich."

Strasser wiederholt, was ihm der Hofrat gesagt hat, und fügt hinzu: „Sollte es dazu kommen, wäre es im Interesse der Staatsräson wichtig, einwandfrei zu beweisen, dass das Kaisertum Österreich mit dieser Tat nichts zu tun hat."

„Und wir beide sollten uns ein wenig Sorgen um unsere Zukunft machen, meinen Sie nicht auch?"

„Ich würde wohl wieder bei der Polizeiwache landen. Und Sie?"

Leloup antwortet nicht und wiegt nur den Kopf. Strasser kann sich die Antwort denken: Es kommt ganz darauf an, wer dann die Macht ergreift.

SECHZEHN

Auch bei ihrem nächsten Treffen, diesmal im Augustinischen Kaffeehaus, kommen sie zunächst nicht weiter.

„Wie fasst man einen Attentäter", überlegt Strasser, „den man nicht kennt, ja von dem man nicht einmal weiß, ob er existiert?"

Doch dann sagt Leloup, und für Strasser ist es wie ein Schlag in die Magengrube:

„Und wenn w i r den Kaiser ermorden?"

Leloup hat nicht einmal die Stimme gesenkt. Strasser hingegen hätte fast seinen Mokka verschüttet. Der Marqueur hinter seinem Stehpult hebt interessiert den Kopf.

„Sind Sie des Teufels, Capitaine?", flüstert Strasser, „Wenn Sie jemand hört! Los, zahlen wir und gehen wir auf die Bastei, bevor uns jemand vernadert."

Und als sie außer Hörweite des Publikums sind, faucht er: „Was sollte denn Ihre wahnwitzige Äußerung?"

„Nun", sagt Leloup ohne das geringste Schuldbewusstsein, „wir haben festgestellt, dass wir keinen Hauptverdächtigen haben, ja eigentlich überhaupt keine Verdächtigen. Es ist deshalb sonnenklar, dass wir anders vorgehen müssen. Bedenken Sie: Wir sind Männer vom Fach, vertraut mit dem Morden und darin vermutlich begabter als in seiner Verhinderung."

Das muss Strasser zugeben. „Sie meinen offenbar, wir sollten die Tat suchen und nicht die Täter."

„Ganz recht, Commissaire. Überlegen wir doch, was wir täten, wenn wir den Kaiser ermorden wollten. Sofern wir den richtigen Gedankengängen folgen, müssen wir zum gleichen Ergebnis kommen wie die Attentäter."

„Es kann doch mehrere Möglichkeiten geben", wendet Strasser ein.

„Eine ist immer die günstigste. Wir müssen eben davon ausgehen, dass die Attentäter mindestens so intelligent sind wie wir."

Strasser begreift langsam, worauf der Capitaine hinauswill.

„Ein Gedankenspiel also. Eines, das an Hochverrat grenzt. Aber im Vertrauen gesagt – recht reizvoll." sagt er.

„Ja, nicht wahr? Welche Waffe wählen wir?"

„Gift!", sagt Strasser aufs Geratewohl.

„Schwer zu beschaffen, und wie bringt man es ins Essen? Der Kaiser hat ja seinen Leibkoch; und sollte ein Domestik beim Servieren das Gift in die Suppe mischen, ist er doch sofort verhaftet, sobald der Kaiser auch nur das leiseste Unwohlsein verspürt. Da kann der Mann gleich zum Messer greifen!"

„Dann also Mord auf Distanz. Wir brauchen einen guten Schützen –"

„Und eine gute Gelegenheit. Nur: die ist selten. Wann immer Napoleon in der Öffentlichkeit auftritt, ist er ein richtiger – wie sagt ihr Deutschen? – ein Hampelmann und bietet kein gutes Ziel. Meistens sitzt er zu Pferd und bewegt sich. Und wenn er abgesessen ist, geht er auf und ab, wendet sich dem einen und gleich wieder einem anderen zu und hält keinen Augenblick still. Das ist wenig kaiserlich, kommt aber seiner Sicherheit zugute."

„Im Theater!", schlägt Strasser vor.

„Ausgezeichnete Idee. Doch ins Schönbrunner Schlosstheater kommt man nicht so leicht hinein, da wird jeder Besucher überprüft. Und wie soll der Attentäter entkommen, ganz abgesehen davon, dass er zuvor ein Gewehr unbemerkt ins Theater hineinschmuggeln muss."

„Eine Pistole?", sagt Strasser zögernd.

„Schießt ungenau. Dazu müsste unser Mann ganz nahe beim Kaiser sitzen, was nicht möglich sein wird, und vor der Tür zur Loge steht eine Wache."

„Dann muss es wohl im Freien geschehen. Nur wird unser Scharfschütze kaum mit dem Leben davonkommen, denn wer einen Schuss abfeuert, gibt damit seinen Standort preis. – Gibt es eigentlich lautlose Waffen?"

„Na ja, da fällt mir nur Pfeil und Bogen ein. Wenn wir noch Neu-Frankreich[5] hätten, könnten wir einen Irokesen oder Huronen engagieren. Glauben Sie, dass die Briten uns einen borgen?"

„Wenn sie dafür von Napoleon befreit werden, erlassen sie uns sogar die Leihgebühr."

Darüber müssen die Herren sehr lachen, und nachdem sie auch das brasilianische Blasrohr erörtert und verworfen haben – zu geringe Schussweite und doppelt so

---

[5] Alter Name für Kanada (bis 1763 in frz. Besitz)

lang wie eine Muskete! – kommen sie wieder auf den Scharfschützen zurück. Dann zieht Leloup seine Uhr und bemerkt, dass er wieder zum Dienst muss.

Strasser reißt angesichts der Uhr die Augen auf. „Das ist eine Breguet!" sagt er, „Die muss doch ein Vermögen gekostet haben."

„Sie verstehen etwas von Uhren?"

„Ich betrachte sie gern, aber eine Breguet könnte ich mir nie leisten."

„Ich auch nicht. Diese hier ist das Geschenk einer dankbaren Dame."

„Sie sind nicht verheiratet, Capitaine?"

„Ich war es. Aber das Jahr Zwei – nach der revolutionären Zeitrechnung – hat uns Franzosen die zivile Ehescheidung gebracht, für viele die Erlösung. – Bis zum nächsten Mal, Commissaire."

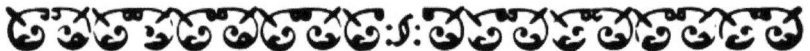

SIEBZEHN

Die Idylle der Familien Strasser und Marini endet jäh in der Nacht des 30. Juni. Die Zwillinge schlafen. Kathi ist schon zu Bett gegangen; Strasser sitzt noch an seinem Schreibtisch und studiert Kästners „Kunst, in Zwey Wochen das Französisch lesen, verstehen, schreiben und sprechen zu lernen", wobei er leise vor sich hinmurmelt. Die zwei Wochen sind längst um, aber von Verstehen und Sprechen ist er noch weit entfernt.

Gerade hat die Alabasteruhr auf der Kommode elf geschlagen, als es klopft. Fido erhebt ein mörderisches Gebell. Kathi schlüpft in den Schlafrock und öffnet. Draußen steht Madame Marini, oder vielmehr, sie lehnt einer Ohnmacht nahe am Türstock und ruft obskure italienische Heiligen an. Erst nach geraumer Zeit und nachdem man Fido endlich zum Schweigen gebracht hat, kann sie sich verständlich machen: Ihre Annamirl ist nicht zur vorgeschriebenen Zeit nach Hause gebracht worden. Und ob sie vielleicht hier bei den Strassers ist?

„Um diese Zeit?", fragt Kathi, und Strasser kommt hinzu: „Von wo nach Hause gebracht? Und von wem?", will er wissen.

Kathi deutet ihm mit einiger Bestimmtheit, er möge sich zurückziehen, und begleitet die Marini in deren Wohnung im fünften Stock des Hintertrakts. Nach kurzer Zeit gehen die beiden Frauen hinunter, um auf der Straße zu warten.

Ein Glück, denn so wird kein Sperrsechserl für das nächtliche Aufsperren des Haustors fällig, und die Hausmeisterin erfährt nichts von dem Skandal und kann ihn nicht im Haus publik machen.

Annamirl wird nämlich daheim abgeliefert – vom Grundwachter! Der Ordnungshüter hat sie am Glacis vor dem Kärntnertor aufgegriffen, wo sie ohne jede Orientierung, heulend und rotzend und mit abartig verkleinerten Pupillen dahingeirrt ist. Gerade noch ihre Adresse hat sie lallen können. Den Mantel hat sie fest zugeknöpft gehabt, sonst hätte der Wachter festgestellt, dass sie darunter splitternackt gewesen ist, während sie ihre eigenen Sachen – Kleid, Leibchen und Dessous sowie ein sehr kurzes Hemdchen aus durchsichtigem Vorhangstoff – in einem Sack mitgeführt hat. Und in einer Manteltasche die Abendgage in Bankozetteln. Wäre diese Ausstattung entdeckt worden, hätte sie sich unfehlbar als Dirne verdächtig gemacht. Sie ist aber nicht entdeckt worden, und so hat der Grundwachter nur gelacht und gesagt: „Irgendwer hat das Madl halt besoffen gemacht."

Jetzt liegt sie im Bett, heult und will nicht reden. Nur so viel deutet sie an, dass ihr Unerhörtes angetan worden ist.

Strasser ist fest entschlossen, seine Kathi, die offenbar mehr weiß als er, einem polizeilichen Verhör zu unterziehen; doch das ist nicht nötig, denn sie erzählt ihm alles von selber:

„Also, es ist so, dass die Annamirl schon ein Engagement beim Theater gehabt hat!"

„Das ist aber schnell gegangen. Und wie?"

Das weiß Kathi noch nicht, erfährt es aber ein paar Tage später. „Schon zu Anfang Juni ist ein fremder Herr bei der Marini aufgetaucht. Ein vornehmer Herr!" berichtet sie.

„No freilich, für die Marini ist ja jeder vornehm, der den Hosenlatz nicht grad offenstehen hat", knurrt Strasser.

„Dieser vornehme Herr", fährt Kathi unbeirrt fort, „hat ihr ein Angebot gemacht. Betreffend die Annamirl."

„Was ist – hat er das Madl kaufen wollen?"

„Das nicht gerade … Er hat gesagt, das Kind hätt' gar so viel Talent, es muss zum Theater. Also waren die Annamirl und ihre Mutter sofort eingenommen. Du weißt ja, wie das Madl vom Theater schwärmt. Und dass die Marini eine Zeitlang selber Sängerin war. Nur war das diesmal halt kein richtiges Theater, sondern mehr so eine Laienbühne … Lebende Bilder nennt man das."

„Was?!"

„Schrei nicht mit mir, Mann, ich hab' ja nix gewusst davon. Und dass die alte Marini blöd ist wie ein Binkel Fetzen, und wenn es um Geld geht, dann überhaupt, das ist eine erwiesene Tatsache. Na jedenfalls ist es eine Zeit ganz gut gegangen, die Annamirl ist alle zwei Wochen mit dem Fiaker abgeholt worden …"

„Wohin?"

„Das weiß sie nicht. Und ihre Mutter auch nicht. Ein Haus in der Vorstadt angeblich."

„Ja, ist die Alte nicht mitgefahren?"

„Nein …"

„Dann Name, Adresse, Signalement von dem vornehmen Herrn!", verlangt Strasser.

„Das weiß die Marini auch nicht. Nur dass er vornehm war. Und dass das Kind jedes Mal eine Gage nach Hause gebracht hat."

„Natürlich, das war ja die Hauptsach' – Und das Numero von dem Fiaker?"

„Das weiß die Marini schon gar nicht."

„Wer es glaubt ...! Und sag einmal, wieso hat der vornehme fremde Herr wissen können, dass die Annamirl so begabt ist ...?"

„Er hat gesagt, er hätt' sie tanzen gesehen. In der Tanzschule von dem französischen Grafen. Sagt die Marini."

„Also jeder Dodel hat doch merken müssen, dass da was Verbotenes dahintersteckt."

„Aber Lebende Bilder, das ist doch ein Gesellschaftsspiel, was überall gespielt wird ..."

„Ja freilich, wenn es eine Gesellschaft ist ... Da sind's alle schön angezogen und rühren sich nicht. Aber in dem Fall kannst du sicher sein, dass alle nackert waren und dass was los war auf der Bühne ... Jedenfalls muss ich mit der Marini ein ernstes Wort reden."

„Du wirst im Augenblick weder mit ihr noch mit der Annamirl reden," sagt Kathi recht energisch, „das mach schon ich."

Strasser sinniert eine Weile: „Und die Annamirl ist doch noch ein Kind!"

„No, in letzter Zeit hat sie sich aber ganz schön entwickelt."

„Ich mein', sie hat doch noch keine Ahnung von so gewisse Sachen."

CR ഓ

Später hat Strasser eingesehen, dass er da im Irrtum war. Tatsächlich ist die kleine Anna-Maria Marini nicht ganz unaufgeklärt, ja sie weiß schon seit Jahren mehr, als ihrer Mutter und den Eheleuten Strasser lieb wäre, wüssten sie davon. Sie ist schließlich in der Vorstadt aufgewachsen, wo Liebesleute nicht immer ein Zimmer zur Verfügung haben und wo auch nicht immer bis zum Einbruch der Nacht gewartet wird, wenn es drängt. Und so hat sie auf diversen unbebauten Grundstücken und in halbwegs dunklen Stiegenhäusern schon so Einiges gesehen, und was ihr daran unklar war, haben ihr die anderen Mädchen erklärt. Sie ist von Mitschülern ausgegriffen worden, wie man es nennt, und was die älteren Mädchen untereinander treiben, wenn es juckt und ihre Liebhaber grade nicht zur Hand sind, hat sie auch schon erfahren.

Das alles hätte sich Strasser von Anfang an denken können. Als Kriminalisten aber hat ihn viel mehr die Frage beschäftigt, wie viel Annamirl ihrer Mutter erzählt hat und was sich die Hofratswitwe unter den Lebenden Bildern, auch genannt „Tableaux vivants", vorgestellt hat. Wenigstens muss ihr aufgefallen sein, dass sich Annamirl umfangreiche Kenntnisse der griechischen Mythologie erworben hat, wenn auch in Form von kühnen Neudeutungen, wie er wenig später mit eigenen Augen feststellen wird und dabei fast ums Leben kommt.

Und Kathi erinnert sich, dass sie einmal mitangehört hat, wie Annamirl den Zwillingen die Ursache des Trojanischen Kriegs folgendermaßen erklärt hat:

„Und dann hätt' der Paris den Apfel der Schönsten von denen drei Göttinnen geben sollen, aber er hat gesagt, er gibt ihn der, die was am besten pudern kann, und das hat er gleich bei allen drei ausprobiert."

Die Zwillinge haben nicht verstanden, um was es geht; Kathi ist befremdet gewesen, hat sich dann aber eingeredet, dass sie sich nur verhört hat.

Sie erinnert sich jetzt auch daran, wie das Mädchen sozusagen von einem Tag auf den anderen selbstbewusst, ja geradezu erwachsen war und auf ihre Altersgenossinnen wie auch auf die Zwillinge mit einem gewissen Stolz heruntergeschaut hat. Über das Herumbalgen mit den Buben ist sie auf einmal erhaben gewesen, aber weil das mit dem Hervorkommen weiblicher Formen Hand in Hand gegangen ist, ist es niemandem aufgefallen, auch nicht der Kathi, und die Buben haben ohnehin nicht mehr recht gewusst, wo sie beim Raufen mit ihr hingreifen sollen, ohne rot zu werden.

Die Witwe Marini hat die Sache nur Frau Strasser und der Hebamme anvertraut, weil letztere die Annamirl untersuchen hat müssen. Sonst darf niemand was davon wissen, nicht der Herr Professor oder der Hochwürdige Herr Katechet und schon gar nicht die Obrigkeit. Gelegentlich verschnappt sie sich im Gespräch mit Kathi und seufzt, dass sie den Verlust der Abendgagen und die Minderung von Annamirls Heiratschancen zutiefst bedauert.

Und eben wegen dieses Hauptpunktes hat sie die Hebamme beigezogen, damit sie Annamirl untersucht.

Keine Defloration, lautet deren Verdikt. Auch ein venerisches Leiden hat sie nicht feststellen können; das Siechenspital in St. Marx und die qualvolle Quecksilberkur samt den mindestens ebenso qualvollen Bußpredigten der Kapuziner am Krankenbett bleiben der Annamirl also erspart, von einer Engelmacherin ganz zu schweigen. Die Heiratschancen sind nicht gemindert. Folglich ist in der Welt der Witwe Marini nichts passiert, und deshalb will sie auch nichts von einer Anzeige hören. Eigentlich will sie von der ganzen Affäre nichts mehr wissen.

Was den Argwohn der Ehegatten Strasser weckt.

„Ich weiß nicht," sagt Kathi, „die Marini verhaltet sich schon sehr komisch, ich glaub' jetzt fast, die hat mehr gewusst als sie jetzt zugibt. Oder zumindest geahnt."

Strasser legt seine Zeitung hin und nimmt die Meerschaumpfeife aus dem Mund.

„Natürlich hat sie's gewusst, andernfalls hätt' sie doch drauf bestanden, dass sie das Kind zu den Auftritten begleiten darf, wie es jede normale Mutter täte. Und deshalb hat sie ja gleich als erstes die Hebamme gerufen. Die alte Sakristeiwanzen gehört eigentlich eingesperrt – nix wie beten und in jede Predigt von dem Pater Hofbauer rennen und dann ihr Kind der Unzucht ausliefern …!"

Denn den allgemein verehrten Pater Clemens Maria Hofbauer von den Redemptoristen und dessen Anhänger betrachtet Strasser mit Misstrauen.

„Wenigstens gehört sie richtig scharf verhört – bezüglich der Malefikanten."

Kathi ist skeptisch. „Wer hätt' was davon? Den Schuldigen passiert so und so nix … das sind doch sicher noble Herrschaften."

„Lass das meine Sorge sein. So nobel können die gar nicht sein …"

„Und du weißt nicht einmal, wo das war. Du hast keinen Tatort und keine Zuständigkeit."

„Die Geheime Staatspolizei ist für alles zuständig, ohne Rücksicht auf den Tatort. Und schließlich bin ich der zukünftige Firmgöd vom Annamirl, das bringt eine gewisse Verantwortung mit sich."

„Und du glaubst, du tust ihr was Gutes, wenn du die Sache an die große Glocken hängst?"

Das gibt Strasser zu denken. Ein reguläres Gerichtsverfahren bedeutet einen ungeheuren Sittenskandal.

„Gut wär' das für sie sicher nicht", muss er zugeben. Dann fügt er hinzu: „Aber wir haben ja noch andere Möglichkeiten."

Da fragt Kathi lieber nicht weiter. Stattdessen sagt sie: „Soll ich die Annamirl wieder zu uns einladen?"

„Jetzt noch nicht, aber bald. Falls sie überhaupt in Gesellschaft gehen will ... Und dann pass auf, was sie so unsern Buben erzählt. Weil Madln, die so was erlebt haben, verfallen entweder in die melancholischen Vapeurs[6] oder sie werden dann triebhaft. Bei Sauereien hast du einzuschreiten."

Strasser setzt fort: „Vorderhand aber red' so oft wie möglich mit ihr und schau' dabei – aber ganz unauffällig! – dass du auf die Lebenden Bilder zu sprechen kommst. Am besten wäre es, wenn das Madl von selber davon anfängt."

Und dann muss Kathi eine Reihe von Fragen memorieren, deren Beantwortung ihm am Herzen liegt. Vor allem um die Lage des Hauses geht es ihm, das wäre ein Anhaltspunkt. Die Ressourcen der Polizeidirektion kann er dafür nicht in Anspruch nehmen, solange es keine Anzeige gibt, und wenn er private Ermittlungen betreibt, darf das Amt nichts davon wissen, denn da macht er sich disziplinär schuldig. Und er weiß ja wirklich nicht, was für hochgestellte Persönlichkeiten da zu Gast sind. Da kann man sich ordentlich in die Nesseln setzen!

Und dann das, worüber Annamirl nicht reden mag, nämlich was ihr eigentlich in dem Haus angetan worden ist. Aus ihrem Zustand war zu schließen, dass man ihr Laudanum eingegeben hat, wahrscheinlich noch vor der

---

[6] Später auch als „Depression" bekannt

Vorstellung. Diese Mischung aus Opium und Dessertwein nimmt zwar Strasser selber ein, wenn ihn sein Fuß allzu eindringlich an Marengo erinnert, und es wirft ihn nicht um, aber er könnte sich vorstellen, dass es bei einem jungen Mädchen halt ganz anders wirkt.

Strasser und Kathi vermuten, dass sie coram publico vergewaltigt worden ist, vielleicht nicht richtig, sondern sodomitisch oder sonst was Perverses. Strasser muss zugeben, dass er von diesen Dingen nicht viel weiß.

„Weil", sagt er, „bei uns draußen ist es mit der Sittlichkeit anders zugegangen; da hat vielleicht ein junges Dirndl ein Kind vom Großvater oder Bruder bekommen, oder der Knecht hat sich mit einem Schaf eingelassen. – Aber doch nicht vor zahlendem Publikum!"

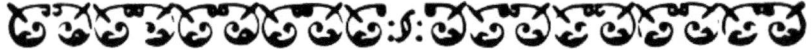

ACHTZEHN

Meister Lowentz ist aufgefordert worden, die zehn zustande gebrachten Gewehre abzuholen, und kommt mit einem Karren und einigen seiner Leute. Er muss die Waffen zwar an die Besatzungsmacht abliefern, hat aber begründete Hoffnung, sie nach Friedensschluss wieder zu bekommen. Falls es sich nicht um Luxusmodelle handelt, denn die würden bei Napoleons notorischer Kunstbegeisterung umgehend im Louvre landen. – Nachdem er die Übernahme bestätigt hat, ist es ihm ein Anliegen, Strasser seinen Dank abzustatten und sucht ihn in seinem Amtsraum auf.

„Das war unsere Beamtenpflicht!", sagt Strasser und will ihn schon verabschieden. Dann fällt ihm etwas ein:

„Bei dieser Gelegenheit könnte der Meister mir seine Meinung dazu sagen, warum es den Dieben gerade um diese Gewehre gegangen ist und um keine anderen. Ist da ein Sinn erkennbar?"

„Ja, sehen Exzellenz, gerade das habe ich mich auch schon gefragt. Es sind einfache Waffen dabei gewesen, die kaum Geld gebracht hätten, aber auch wertvolle. Und gerade die wertvollsten haben die Verbrecher mitgenommen."

Nun, das war ja klar, denkt Strasser, aber aus Höflichkeit fragt er: „Welche waren das noch gleich?"

„Na, die beiden Girandoni selbstverständlich. Ein Privatier hat sie mir übergeben, damit ich sie den

Franzosen abliefere. Ich habe ihm versprochen, dass er sie wiederbekommt, sobald Frieden ist."

Der Name sagt Strasser nichts. „Und was ist an denen so Besonderes? Elfenbeinerne Schäfte ... damaszierte Läufe?"

„Nichts dergleichen. Die Mechanik ist es. Das sind Windbüchsen!"

Und als er Strassers Unverständnis bemerkt: „Das sind keine Feuerwaffen; die verwenden komprimierte Luft. Man kann mit so einer Waffe um die zwanzig Mal schießen, ohne langes Nachladen. Hat man einen Schuss abgegeben, kann man nach zwei Tempi schon wieder abdrücken."

„Wo kommt denn die komprimierte Luft her?"

„Aus dem Kolben, der ist aus Gusseisen."

„Aha – und die Kugeln?"

„Kommen aus einer Röhre entlang dem Lauf. Zweiundzwanzig gehen da hinein. Diese Waffen sind Wunderwerke!"

Strasser hat das Gefühl, er müsse angesichts der Begeisterung des Meisters noch ein wenig Konversation machen.

„Könnten doch im Krieg einen großen Vorteil verschaffen! Haben wir nicht ein Windbüchsen-Korps? Von dem hat man aber nie viel gehört."

„Ja, denn im militärischen Bereich sind die Gewehre nicht so gut verwendbar, wie man gehofft hat. Man kann zwar dem Schützen ein oder zwei von den gusseisernen

Kolben mitgeben und die Kugeln dazu, so dass er um die sechzig Schuss hat, wie ein Infanterist. Das bedeutet aber viel Gewicht, und hat der Mann seine Schüsse gemacht, muss er zurück hinter die eigenen Linien, zu einer großen Luftpumpe, oder er muss selber pumpen, um die Luft im Kolben wieder zu komprimieren. Auch die ledernen Abdichtungen lassen mit der Zeit nach. Deshalb bekommen heutzutage nur mehr Scharfschützen die Windbüchsen."

„Verwenden eigentlich andere Armeen diese Waffe auch?"

„Davon ist mir nichts bekannt, Exzellenz. Aber wie vor ein paar Jahren die Amerikaner eine Expedition zum Pazifischen Ozean unternommen haben, durch das Land, das sie Napoleon abgekauft haben, da waren sie mit einem solchen Gewehr ausgerüstet. Es soll die Wilden tief beeindruckt haben. ¬– Davon abgesehen sind die Dinger vor allem für den Schießstand oder für die Jagd geeignet, denn sie haben einen gezogenen Lauf, es gibt keinen lästigen Pulverdampf und keinen Blitz, und der Knall ist lang nicht so laut wie bei einem Feuergewehr."

Der Vortrag hat Strasser bereits gelangweilt. Doch jetzt horcht er auf.

„Keinen Blitz und keinen Dampf, haben Sie gesagt?"

„Natürlich. Ohne Pulver kann es das nicht geben."

„Dann sind die Waffen wohl besonders gefährlich, weil man den Standort des Schützen nicht leicht feststellen kann?"

„Jawohl, Exzellenz, und in früheren Zeiten waren sie aus diesem Grund auch streng verboten."

„Überaus interessant ... Eins noch: Welches Kaliber haben die gestohlenen Gewehre?"

„Das sind die schwersten Modelle, die verschießen reguläre Musketenkugeln. Auch was Durchschlagskraft und Tragweite anlangt, sind sie wenigstens bis zum zehnten oder zwölften Schuss, also bis der Luftdruck nachlässt, einer Kommissflinte gleichwertig, ja eigentlich sogar überlegen, denn sie haben gezogene Läufe. Noch dazu waren gerade diese beiden Girandoni mit Teleskopen versehen!"

Für Strasser ist das alles Neuland. Weder bei der Armee noch in seiner Gendarmenzeit sind ihm solche Apparate untergekommen, ja nicht einmal die Wald- und Weinviertler Wilderer haben so etwas gehabt. Fernrohre auf Gewehren – was wird man nicht noch alles erfinden!

„Ja, Fernrohre", wiederholt Meister Lowentz, „hat man die richtige Distanz, so sieht man im Fernrohr genau den Punkt, den dann die Kugel trifft, und ist das Ziel zwanzig Klafter entfernt, so trifft man, als ob es nur zehn wären."

Jetzt hat Strasser plötzlich viele Fragen, und der Meister beantwortet sie gewissenhaft, auch wenn ihn das Interesse dieses Tintenschluckers für solche martialischen Dinge verwundert.

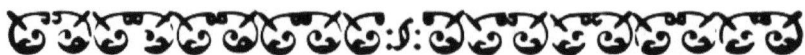

NEUNZEHN

In der Beletage eines Palais' in der Wallnerstraße gibt Strasser seine Karte ab und wird nach kurzem Warten vom Lakaien ins Arbeitszimmer des Vicomtes geleitet. Hier dominieren Mahagoni und Messingbeschläge; vom Plafond bis zu den Sesselleisten ist alles streng Altrömisch und Altägyptisch, was auf eine imperiale Einstellung schließen lassen könnte, würde da nicht auf einem Vertiko eine Büste des letzten, dahingegangenen Königs von Frankreich phlegmatisch ins Leere blicken und würde nicht unter dem samtenen Hausrock des Vicomte das Kreuz des Ludwig-Ordens hervorblitzen. Auf einem Stahlstich an der Wand sind der derzeitige, exilierte König, Ludwig der Achtzehnte, und seine Brüder, die Herzöge von Provence und Artois, zu sehen. Hier regieren immer noch die Bourbonen.

Der Hausherr sitzt hinter einem Schreibtisch im Rollstuhl und betrachtet stirnrunzelnd Strassers Visitenkarte. Strasser hat die Akten studiert und er weiß: Dieser dürre Herr mit den lang herabhängenden grauen Haaren ist noch gar nicht so alt wie er aussieht, doch er hat einiges mitgemacht in seinem Leben. So wie sein Onkel, der ehemalige Generalinspekteur der königlichen Kavallerie, ist er während der Schreckensherrschaft anno Dreiundneunzig nur knapp der Guillotine entgangen. Zuerst ist er nach Turin geflohen, später ins Rheinland, wo er eine Offiziersstelle in der Emigrantenarmee des Fürsten

Condé bekommen hat, die auf österreichischer Seite gekämpft hat. Strasser möchte hoffen, dass diese Ernennung nur nomineller Natur gewesen ist, denn diese Adeligen haben sich im ersten und zweiten Krieg gegen die Revolution zwar durch Todesverachtung ausgezeichnet, aber mehr noch durch Gräueltaten, so dass „Konde" zu beiden Seiten des Rheins heute noch ein böses Schimpfwort ist. – Irgendwann hat der Vicomte sich bei einem Sturz von Pferd das Bein gebrochen, und die Verletzung ist nie mehr ganz verheilt, was bei Strasser fast eine Art Mitgefühl hervorruft.

Und er weiß auch: Die Schwester des Vicomte ist sich mit den Revolutionären gutgestanden und hat es daher gewagt, auf ihrem Besitz bei Nantes zu bleiben. Leider hat sie auch zu den königstreuen Konterrevolutionären gute Beziehungen gehabt, und diese Neutralität hat sie das Leben gekostet – bei einer „Republikanischen Hochzeit" hat man sie in der Loire ertränkt, zusammengebunden mit ihrem Gutsverwalter.

„Welchem Umstand verdanke ich die Ehre, von der Staatspolizei aufgesucht zu werden?", fragt der Vicomte nach kurzer Begrüßung.

„Ihro Gnaden unterhalten doch eine Tanzschule für junge Mädchen?"

„Das ist richtig. Gefährdet meine Tanzschule etwa die Sicherheit des Kaisertums Österreich?"

Darauf ist Strasser gefasst. Das habe mit der Staatssicherheit nichts zu tun, sagt er und zitiert sofort einen Erlass der hochseligen Maria Theresia, den er für diese Eventualität erfunden hat, wonach private Tanzschulen einer periodischen Überprüfung unterliegen würden, usw.

„Ja, richtig – Ihre Majestät waren sehr auf Sittlichkeit bedacht, wenigstens in ihren späteren Jahren", sagt der Vicomte lächelnd, „Nun, ich denke, auch die Keuschheitskommission würde hier nichts auszusetzen finden."

„Wo wird der Unterricht gehalten?", fragt Strasser, obwohl er es sich denken kann.

„Hier, im Saal nebenan. Ich sehe bisweilen von hier aus zu."

„Ihro Gnaden allein?"

„Manchmal ist auch ein Gast dabei. Ein zufälliger Gast, so wie Sie, Herr Kommissär. In Kürze beginnt übrigens eine Übungsstunde. Wollen Sie sich persönlich davon überzeugen, dass es dabei anständig zugeht?"

„Gern. Dürfte ich vorher noch den Saal sehen?"

Der Vicomte macht eine einladende Handbewegung.

Der Tanzsaal ist eigentlich nur ein geräumiges Zimmer, mit vergoldeten Sesseln an der Wand und einem Klavier in der Ecke. Eine Tür in der rechten Seitenwand führt zu einem kleineren Raum, der als Garderobe eingerichtet ist und einen Spiegel über die ganze Wand aufweist. Auf einem Tisch steht eine Silberschüssel mit Süßigkeiten, daneben Gläser mit Limonade.

„Was hat Ihro Gnaden bewogen, diesen Unterricht zu veranstalten?", fragt Strasser, als er wieder im Arbeitszimmer ist.

„Ich möchte jungen Mädchen die Möglichkeit eröffnen, eine Karriere am Theater zu machen, und tatsächlich haben einige schon in Kinderstücken auftreten dürfen."

„Und die anderen?"

„Nun, Sie wissen – viele sind berufen und nur wenige auserwählt. Aber alle lernen, sich anmutig zu bewegen; wenigstens auf Hausbällen werden sie dereinst eine gute Figur machen."

„Der Unterricht ist gratis?"

„Abgesehen von Spenden der Eltern bezahle ich den Ballettmeister aus eigener Tasche. Auch er ist Emigrant, lebt aber in beengten Verhältnissen und kann das Geld gut gebrauchen. Sein Name ist Jean Rauscher, er ist Elsässer."

„Dann ist das Ballett wohl auch ein persönliches Anliegen von Ihro Gnaden?"

Der Vicomte schmunzelt. „Nun ja, ich kann nicht leugnen, dass ich stets ein großer Bewunderer weiblicher Schönheit gewesen bin und dass mich junge Mädchen ganz besonders anziehen. Ist das ein Verbrechen?"

„Nicht, wenn es dabei bleibt."

„Junge Mädchen zu betrachten ist eins der wenigen Vergnügen, die mir meine Gesundheit noch gestattet. Und auch, mich mit ihnen zu unterhalten, wenigstens mit denen, deren Gänsehaftigkeit sich in vernünftigen

Grenzen hält. – Zweifellos haben Sie mein Dossier studiert und kennen meine Biographie. Ich habe in meinem Leben viel Schreckliches gesehen, und die Schönheit junger Mädchen hilft mir, von Zeit zu Zeit an einen gütigen Gott zu glauben. Sie sind das Höchste unter allen seinen Werken."

Inzwischen sind die Gottesbeweise eingelangt, acht Schulmädchen, manche von ihren Müttern begleitet. Einige der Damen nehmen auf den vergoldeten Stühlen an der Wand Platz, während die Mädchen in der Garderobe verschwinden und in Ballettkleidern wiedererscheinen. Die Kleider sind hochgeschlossen und enden oberhalb der Knie; dazu tragen die Mädchen auch noch bauschige Pantalons, die an den Knöcheln zugebunden sind.

„Sie sehen, Herr Kommissär, bei diesen Kostümen und in Anwesenheit der Mütter kann gar nichts Unschickliches vorfallen!", bemerkt der Vicomte.

Jean Rauscher, ein sehniger Mann mittleren Alters in weißem Hemd und Culottes, lässt die Mädchen die üblichen Ballettübungen durchmachen. Später kommt eine Dame dazu, etwa gleichen Alters wie der Tanzmeister, und begleitet den Unterricht auf dem Pianoforte. Strasser ist von ihren schönen Händen fasziniert und vergisst gerne, dass Tanzstunden laut Verordnung eigentlich nur von einer einzelnen Violine begleitet werden dürften.

„Meine Tochter Marguerite.", sagt der Vicomte, „Auch sie hat in ihrer Jugend Ballettunterricht genommen."

Das will Strasser gern glauben, denn die Dame ist gertenschlank und von scharfem Profil. Die Mode der letzten Saisonen, streng nach Madame Récamier, mit der Taille knapp unter dem Busen, steht ihr ausgezeichnet, ganz zum Unterschied von den begleitenden Müttern, die derselben Mode anhängen, darin aber lang nicht so gut aussehen.

„Ihro Gnaden", sagt Strasser, „ich will zur Sache kommen: Ich bin nicht nur wegen dieses Unterrichts hier. Vielmehr besteht der Verdacht, dass eine der Elevinnen schändlich missbraucht worden ist."

Der Vicomte sieht drein, als hätte der Blitz in seinen Schreibtisch eingeschlagen.

„Hier … in meinem Haus!?"

„Nicht hier, aber in Zusammenhang mit dem Unterricht. Das Mädchen dürfte dem Täter hier durch seine Schönheit aufgefallen sein."

„Und wer war der Täter?"

„Das wissen wir nicht. Wir wissen aber, dass dieses eine Mädchen – vielleicht war sie auch nicht die einzige – als Darstellerin bei sogenannten Lebenden Bildern engagiert worden ist. Welcher Art diese Bilder waren, brauche ich Exzellenz wohl nicht zu beschreiben."

„Handelt es sich um Anne-Marie? Sie fehlt schon seit längerem beim Unterricht."

„Ja, um sie geht es. Ein Unbekannter hat ihrer Mutter eingeredet, wie ungemein talentiert das Mädchen wäre. Das und eine reichliche Gage haben jeden Argwohn erstickt; auch haben sich die Angriffe auf die Unschuld des Kindes wohl nur allmählich gesteigert, damit es sich daran gewöhnt."

„Verdächtigen Sie einen von uns – einen Emigranten?"

„Ich habe keinen bestimmten Verdacht", sagt Strasser, „aber vielleicht können mir Ihro Gnaden einen Hinweis geben?"

Der Vicomte schreckt auf. „Ich wüsste niemanden, der zu so etwas imstande wäre, wenn man uns auch alle möglichen Laster nachsagt. Ich muss ja zugeben, dass Schaustellungen dieser Art im Palais Royal vorgekommen sind –"

„In Versailles?!"

„Wie kommen Sie auf Versailles? – Ach so, der Name! Sie waren wohl nie in Paris. Nein, das Palais Royal war ein Stadtviertel, das Sie sich als … stellen sie sich eine Mischung aus Elysium und den hiesigen Apollo-Sälen vor, das alles rund um das Schönbrunner Blumenparterre gruppiert, ein irdisches Paradies mit Restaurants, Geschäften, Spielsalons … Und Bordellen, wie man sie hier gar nicht kennt. Selbst Damen der besten Gesellschaft fanden es chic, dort gelegentlich die Belle du jour zu machen … Ach, es war unbeschreiblich!" Und der Vicomte versinkt in seliger Erinnerung.

Dann seufzt er tief. „Ich kann den Gedanken nicht ertragen, dass einem meiner Mädchen etwas angetan worden ist. Ich hoffe, Sie finden den Schuldigen."

Strasser geht so manches durch den Kopf, während er sich schweigend den Rest der Ballettstunde ansieht: Einige der Mädchen bewegen sich tatsächlich mit Grazie, findet er, während anderen das Trampelhafte sozusagen im Blut liegt und wohl nie auszutreiben sein wird. Und eine Erkenntnis: Ein hübsches Gesicht macht noch lange keine anmutige Tänzerin.

Er ist halb und halb geneigt, den Beteuerungen des Vicomtes zu glauben, denn der Unterricht ist geradezu der Inbegriff der Harmlosigkeit. Aber was findet der Vicomte an dem Gehopse dieser halben Kinder?

Und wohin führt die Tapetentür in der rechten Wand des Arbeitszimmers? Und: Sollte er nicht noch etwas Konversation machen?

Doch der alte Aristokrat ist ohnehin wieder bester Laune; er applaudiert, wirft der Klavierspielerin Kusshändchen zu und hat Strasser völlig vergessen.

Dann ist die Stunde zu Ende; die Mütter umdrängen den Jean Rauscher, zweifellos um zu hören, dass die Fortschritte der Tochter zu den schönsten Hoffnungen berechtigen usw.

Die schlanke Klavierspielerin entfernt sich nach einer formvollendeten Reverenz, und die Mädchen verschwinden in der Garderobe, in der nun nach Herzenslust geflüstert und gekichert wird. Abrupt steht Strasser auf, dankt für die Unterredung und geht auf die Tapetentür zu.

„Monsieur!" Das hat der Vicomte so laut gesagt, dass alles aufblickt und die Unterhaltung der Mütter stockt.

„– der Ausgang ist dort!"

Strasser verbeugt sich, lächelt entschuldigend, deutet mit einer Geste an, dass er mit seinen Gedanken woanders war, und geht nun zur anderen Tür. Der Vicomte setzt seinen Rollstuhl in Bewegung.

Doch da kehrt Strasser um, er hat noch eine Frage. Der Vicomte, etwas ungehalten, aber doch die Contenance wahrend, wendet sich ihm zu.

„Was wollen Sie noch?"

„Wie steht es eigentlich mit den Plänen von Ihro Gnaden betreffend die Rückkehr?"

„Meine Anwälte bemühen sich derzeit um die Rückstellung unseres Vermögens. Es sind nicht die napoleonischen Behörden, die uns Probleme bereiten; vielmehr gibt es Differenzen innerhalb der Familie, und ich möchte gerne einen Stammsitz beziehen, von dem ich weiß, dass er mir ganz gehört. Wozu die Frage?"

„Oh … ich wollte nur wissen, wie lange der Unterricht weitergeht."

„Es kann noch lange dauern. – Ist das jetzt alles?"

Keineswegs. Denn Strasser verwickelt seinen Gesprächspartner in ein längeres Gespräch über die österreichische Finanzpolitik und, nachdem dieses Thema erschöpft ist, auch noch über den Fortgang der Schönbrunner Friedensgespräche, bis der alte Aristokrat deutliche Anzeichen von Ungeduld zeigt.

Als die Mädchen aus der Garderobe kommen und sich unter tiefen Knicksen verabschieden, zieht sich auch Strasser mit aller Höflichkeit zurück. In der stillen

Wallnerstraße allerdings überkommt ihn ein dermaßen teuflisches Gefühl der Befriedigung, dass er beinahe laut herauslacht.

Erfahren hat er ja nicht viel, und schon gar nicht, welcher geladene Gast hier das vorgebliche Bühnentalent der Annamirl erkannt haben könnte. Aber dafür hat er dem Vicomte für heute das Vergnügen versalzen, die Mädchen nackt zu sehen.

Denn dass zwischen der Garderobe und dem Raum hinter der Tapetentür ein venezianischer Spiegel eingebaut ist, zur Erbauung des Hausherrn und seiner gleichgesinnten Freunde, daran hat er nicht den geringsten Zweifel.

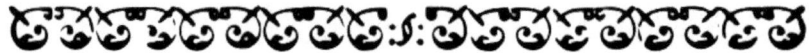

ZWANZIG

„Wir gehen also davon aus", sagt Strasser, „dass die beiden Girandoni-Gewehre zum Zweck eines Attentats gestohlen worden sind."

Auch Leloup, der von militärischen Windbüchsen zwar im Rahmen einer Instruktion gehört, aber noch keine je zu Gesicht bekommen hat, erkennt sofort, dass sie wie geschaffen für solche Aufgaben sind, ganz besonders, wenn auf ihnen Teleskope montiert sind.

„Aber warum dann die anderen Waffen?", fragt er.

„Der Diebstahl der übrigen Waffen sollte den eigentlichen Zweck verschleiern. Denn als Ausrüstung für Freischärler wären sie denkbar ungeeignet – verschiedene Modelle für verschiedene Kaliber von Munition, das sind unlösbare Probleme für den Nachschub. Abgesehen davon darf ich Ihnen versichern, dass ein großer Teil der Bevölkerung Ihre Verordnungen gründlich missachtet und seine Privatwaffen behalten hat, weshalb Aufständische sich dort wesentlich leichter versorgen könnten."

„Ihre Theorie als richtig anerkannt – wo würden wir die Windbüchsen zum Einsatz bringen?"

„Dort, wo der Kaiser längere Zeit verweilt, wo man mit seinem Erscheinen rechnen kann und wo er ruhig sitzt oder steht. – Bei einer Parade in Schönbrunn, zum Beispiel."

Sie sind auf der Bastei. Die Luft ist hier angenehm, und der Blick geht bis zum Wienerwald.

Leloup überlegt. „Die Paraden finden im Ehrenhof von Schönbrunn statt, vor geladenem Publikum. Ein Attentäter müsste sich mit dem Gewehr einschleichen, was nicht leicht ist, weil jeder Besucher gründlich überprüft wird, und dann müsste er einen Standort finden, der nicht zu weit entfernt ist und wo er selbst nicht gesehen wird. Wir müssen die Dienertrakte inspizieren. Nehmen wir uns doch ein Komfortabel nach Schönbrunn."

In Schönbrunn wird es schwierig, denn nicht nur das Schloss, auch alle Nebengebäude sind von den Franzosen beschlagnahmt. Leloup muss seine ganze Autorität aufbieten, um Strasser als seinen Begleiter in den Ehrenhof zu bringen, zwischen den Obelisken hindurch, auf deren Spitzen seit Menschengedenken die goldenen Adler sitzen, von denen die Leute auf einmal sagen, dass erst der Napoleon sie dorthin gesetzt hat.

Als sie aber die Torwache hinter sich haben, kümmert sich kein Mensch mehr um sie, und sie können nach Belieben die Gebäude betreten, die jetzt der Armee und der Armeeverwaltung gehören. Sie finden bald heraus, dass ein Attentäter seine Waffe nur in zerlegtem Zustand einschmuggeln könnte, den Lauf etwa als Gehstock getarnt und die Mechanik auf Taschen verteilt. Aber Strasser hat inzwischen Prospekte studiert und weiß: Die Mechanik eines Girandoni besteht in der Hauptsache aus dem gusseisernen Kolben, der ungefähr die Ausmaße einer großen Weinflasche hat und sich kaum verbergen und schon gar nicht zerlegen ließe. – Und dann müsste der Täter die Waffe zusammensetzen und aus einem der Fenster des Dienertrakts schießen, auf eine Distanz, die selbst für einen Kunstschützen zu groß wäre, sei es mit Teleskop oder ohne.

Daran würde sich während der gesamten Parade nur wenig ändern. Leloup beschreibt es: Napoleon steht zu Beginn meist auf der Terrasse und steigt dann die Freitreppe herab, um sich mit einzelnen Soldaten zu unterhalten, an die er sich zufällig erinnert, weil er den Eindruck erwecken will, dass er jeden Angehörigen der Grande Armée persönlich kennt. Dabei ist er in Begleitung vertrauenswürdiger Offiziere, die ihn in ständig wechselnden Konstellationen umgeben. Es sieht aus wie zufällig, ist aber geplant wie ein Ballett, und ein Schütze hat nie mehr als eine Sekunde freies Schussfeld

Vor allem aber könnte ein Attentäter nach vollbrachter Tat nicht leicht entkommen. Der Ehrenhof ist von Gebäuden umgeben und daher eine Falle.

„Was halten Sie von Napoleons Geburtstag?", fragt Strasser.

„Es wäre die letzte Gelegenheit für lange Zeit", sagt Leloup, „denn da zeigt sich der Kaiser an den verschiedensten Orten, und es gibt laute Musik und Kanonenschüsse. – Und die Zeit drängt!", fügt er hinzu.

Strasser muss ihm Recht geben. Die Zeit drängt tatsächlich. Napoleon wird nicht mehr lange in Wien bleiben, und außerdem zeichnet sich eine familiäre Verbindung zum Haus Habsburg ab.

„Sie meinen diese Sache mit unserer Erzherzogin Marie-Louise?"

„Ja. Wenn aus der Ehe etwas wird, wäre der Kaiser kein Usurpator mehr, sondern Angehöriger einer uralten Dynastie, in die bereits der letzte König von Frankreich hineingeheiratet hat. Für einen von niederer Herkunft, wie ich es bin, macht das keinen Unterschied, aber viele meinen, dass er sich erst im Bett einer Prinzessin so richtig für die Kaiserkrone qualifiziert."

Zurück in der Oberdirektion lässt sich Strasser das Programm der Feierlichkeiten vom 15. August bringen. Er erkennt: Nicht nur einmal würde es da zu Situationen kommen, wo ein Attentäter, der nicht sehr am Leben hängt, dem Kaiser auf einige ein paar Ellen nahekommen könnte. Aber für einen Schuss auf große Distanz und eine erfolgreiche Flucht bietet sich keine Gelegenheit.

Doch bei ihrem nächsten Treffen bringt ihm Leloup das vollständige Hof-Bulletin. Und siehe da – darin heißt es, dass bereits am Vorabend ein Konzert stattfindet, „mit Piècen von Mozart, Haydn und LeSueur, welchem Seine Majestät beiwohnen werden, und danach, mit Einbruch der Dunkelheit, ein Feuerwerk."

„Der Kaiser", erläutert Leloup, „wird vermutlich nicht die ganze Zeit anwesend sein. Am ehesten ist mit ihm zu Ende des Konzerts zu rechnen, denn da werden Militärmärsche und ähnliche Stücke gespielt, die er mag, und danach wird er sich das Feuerwerk ansehen, schon deshalb, weil da sein Name mit Feuerrädern und dergleichen in den Himmel geschrieben wird."

„Und wo findet das alles statt?"

„Auf der Parkseite des Schlosses, das heißt, die Musik wird im Freien spielen, sofern wir schönes Wetter haben. Das Feuerwerk soll etwa in der Mitte des Blumenparterres abgebrannt werden. Der Kaiser und seine Gäste werden sich auf der Terrasse aufhalten."

„Also wie auf dem Präsentierteller. Und wir im dunklen Park mit unseren Wundergewehren, deren Schüsse das Feuerwerk mit Leichtigkeit übertönt!"

Leloup schüttelt den Kopf. „Das wird nicht gehen. Dazu müssten wir nämlich in den Park gelangen, der um diese Zeit bereits für das Publikum gesperrt ist."

Strasser muss lachen. „Aber Capitaine, wissen Sie denn nicht, wie viele Menschen sich nachts unerlaubt im Park aufhalten – Landstreicher, Liebespaare? Wir müssen nur einfach im Park bleiben, wenn die Besuchszeit zu Ende ist. Allerdings hätten wir dabei das Problem, dass wir unsere Waffen noch bei Tageslicht hineinschmuggeln müssten, was auch unter sehr langen Mänteln nicht einfach wäre."

„Und als Wachsoldaten verkleidet? Bei denen fällt ein Gewehr nicht auf", wendet Leloup ein.

„Unmöglich, Capitaine. Ich habe mir inzwischen die Zeichnung eines Girandoni angesehen und weiß jetzt, dass dieses Gewehr sich stark von einer Muskete unterscheidet. Auch könnte an diesem Tag der Park für das Publikum gesperrt sein. Nein, wir müssen in der Dunkelheit die Mauer überwinden, wie es alle anderen tun."

„Und unsere Wachen, die an der Mauer patrouillieren?"

„Man muss nur den richtigen Moment erwischen und sich danach verstecken, in einem Gebüsch, in einem Waldstück. Man wird vielleicht von den Gelsen aufgefressen, aber sonst passiert einem nichts."

„Ich merke schon, Schönbrunn ist kein sicherer Aufenthalt für meinen Kaiser", sagt Leloup, „Von wo aus würden wir schießen?"

„Ich würde mich in dem nächstliegenden Boskett postieren. Und Sie platziere ich auf der anderen Seite. Kreuzfeuer also, mit den beiden Girandoni. In wenigen Sekunden könnte man zehn oder mehr Schüsse abgeben. Da muss doch ein Treffer dabei sein!"

Er merkt, dass er sich geradezu in Begeisterung geredet hat, und zwingt sich zu einer gemäßigteren Ausdrucksweise, es ist ja schließlich nur ein Spiel.

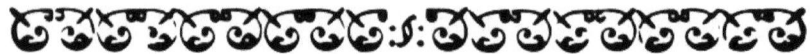

EINUNDZWANZIG

Beim nächsten Treffen des Unterkomitees erklärt Leloup, dass er heute früher gehen müsse.

„Ich habe Ihnen doch von der Kunst des Savate erzählt, die ich in Marseille geübt habe. Ich bringe sie einigen Offizierskameraden bei, und heute ist unser wöchentlicher Unterricht. Wollen Sie zusehen?"

„Sofern es die Vorschriften erlauben."

Wie immer, wenn es um Vorschriften geht, muss Leloup lächeln.

„Ich werde Sie nicht vorstellen. An diesem Nachmittag gehören Sie zu unserer Intendanz, sind also Zivilist. Es ist nicht anzunehmen, dass einer meiner Schüler Sie anspricht."

Diesmal führt er Strasser in die Hofstallungen und dort auf einen ehemaligen Fechtboden, wo jetzt Heu gelagert ist, so dass man den polierten Bretterboden kaum mehr sieht. Die Schüler – alle in Pantalons und Unterhemden – warten bereits. Obwohl „Savate" Holzschuh bedeutet, tragen sie leichte Espadrilles.

Leloup bietet Strasser Platz auf einem Heuballen an. Er und seine Schüler begrüßen einander mit Gesten wie die Fechter, nur ohne Waffen.

Wie Meister Rauscher seine Mädchen führt nun Leloup die Offiziere durch eine Reihe von Übungen, die dem Ballett nicht unähnlich sind und sichtlich in erster Linie auf Gelenkigkeit abzielen. Es folgen Faustschläge, Paraden und

Tritte, letztere bis hinauf zum Oberkörper, ja zum Kopf. Strasser ist sich sicher, dass er sofort auf dem Hintern sitzen würde, wollte er sein Bein so hoch schwingen.

Leloup holt nun zwei Paar gepolsterte Fäustlinge hervor. Eines für ihn, das andere für seine Schüler, die ihn jetzt einer nach dem anderen angreifen müssen. Er fertigt sie alle rasch und souverän ab, mit einem leichten Hieb oder Tritt, bisweilen auch, indem er mit dem Fuß dem Angreifer die Beine geradezu unter dem Leib wegreißt. Sein letzter Gegner allerdings, an seinem Zöpfchen als Husar zu erkennen, ist von anderem Kaliber; er scheint schon geübter zu sein und macht Leloup ein wenig zu schaffen; jedenfalls dauert der Kampf länger als alle anderen davor.

Plötzlich lässt Leloup einen förmlichen Schlaghagel über seinen Gegner hereinbrechen, dass der ins Taumeln kommt, und da hinein setzt er einen blitzschnellen Tritt mit dem Spann des rechten Fußes gegen den Hals, der seinem Gegner fast den Schädel abreißt und ihn zu Boden wirft.

Was Strasser sich erst später klarmacht: Leloup hat durchwegs und auch hier nicht mit voller Kraft gekämpft. Trotzdem braucht der Husar einige Minuten, bis er wieder bei klarem Bewusstsein ist und aufstehen kann.

Leloup stellt sich vor ihn hin und vollführt den Fechtergruß wie zu Beginn, den der Husar mit grimmigem Lächeln erwidert. Ohne sich weiter um ihn zu kümmern, befiehlt jetzt Leloup, ein Bündel Stöcke aus einer Ecke zu holen, Die Stöcke, etwa so lang wie ein

Spazierstock oder Degen, werden in einem Kübel mit Ruß geschwärzt und an die Schüler verteilt.

Jetzt ficht man paarweise, auf Hieb und Stich, und auch Leloup holt sich den einen oder anderen Schüler als Partner. Von Zeit zu Zeit wird nachgesehen, wer die größere Anzahl Treffer kassiert hat, was an den weißen Unterhemden schön abzulesen ist. Nur das Hemd Leloups – er trägt als einziger ein Battisthemd – bleibt jungfräulich weiß.

Strasser ist tief beeindruckt. Der Sieg Leloups über den Fleischergesellen in der „Traube" war also kein Zufall, sondern das Ergebnis harter Übung in einer höchst komplizierten Kunst.

Am Ende wird wieder gegrüßt, alle außer Leloup waschen sich in einem Pferdetrog, und die Stunde ist vorüber.

„Wie sieht das Armeekommando Ihren Unterricht?", fragt Strasser, als sie wieder am Glacis sind.

„Ich bin inoffiziell belobigt worden, weil ich in einigen Fällen Blutvergießen verhindert habe."

„Verhindert?!"

„Aber ja! Sie wissen doch, dass in unserer Armee das Duellunwesen umgeht, weit mehr als bei Ihnen. Auch ich bin schon mehrmals gefordert worden, auf Degen, Säbel, Pistole, was weiß ich. Ich habe jedes Mal auf der Wahl der Waffen bestanden, und das sind meine Fäuste und Füße. Damit war entweder die Ehrenfrage erledigt, oder das Duell war kurz. In jedem Fall blieb der Herausforderer am Leben."

ZWEIUNDZWANZIG

Wie zu seiner Zeit bei der Bezirkswache macht Strasser die Runde bei seinen früheren Vertrauten und Zundgebern, und da wieder besonders bei den Freudenmädchen, Madames und Kupplerinnen. Ja, man höre so manches, heißt es, von Adeligen etwa und Neureichen, die solche und noch schlimmere Neigungen haben, und der Name des jetzigen Fürsten Kaunitz fällt mehr als einmal. Da gehe es um junges, sehr junges Fleisch, aber die Herrschaften würden auch Hübschlerinnen nicht verschmähen, wenn sie noch jung und gesund und, vor allem, verschwiegen seien. Die Burschen würden in den untersten Schichten rekrutiert werden, Zuhälter eben oder Bauarbeiter, wenn sie einen athletischen Körper und überhaupt das notwendige Rüstzeug – Herr Kommissar wissen schon! – mitbrächten.

Aber es herrscht in diesen Dingen große Diskretion, es kommt nichts Konkretes heraus, und Strasser hat auch noch anderes zu tun und kann nicht seine ganze Zeit mit der Halbwelt verplempern. Doch dann mehren sich die Hinweise auf eine gewisse Rusalka, die angeblich das Glück gehabt hat, für solche Schauspiele engagiert zu werden. Am Spittelberg soll sie ihrem Gewerbe nachgehen und ausnehmend jung, hübsch und gut angezogen soll sie sein, weshalb sie sich bei Tageslicht auf der Straße zeigt und nicht erst bei Einbruch der Dämmerung, wie die meisten ihrer

Berufskolleginnen, die Pockennarben und Zahnlücken zu verbergen haben.

Und so kommt es, dass Strasser in den kleinen Gassen am Spittelberg, zwischen der Laimgruben und dem Quartier der Ungarischen Garde[7] , auf und ab flaniert und betet, dass er keinem Kollegen oder Vorgesetzten begegnet. Er trägt nicht das beamtenmäßige Schwarz, sondern einen taubengrauen Frack zu einer kanarigelben Weste, um den Eindruck eines Lebemanns zu erwecken. Nicht so farbenfroh wie die Männermode ein, zwei Jahrzehnte später, aber immerhin.

Die Gegend wimmelt von Menschen, aber Strassers Polizistenauge entgeht nicht, dass es da fünf oder sechs Frauen gibt – hübsch und gut gekleidet -, die ihm wie durch Zufall immer wieder über den Weg laufen. Die viel Zeit haben und lange vor einer Auslage verweilen, wobei ihnen das Glas als Spiegel dient. Die oft etwas an ihren Stiefeletten richten müssen, so dass ihre schlanken Fesseln sichtbar werden …

Nicht lange, so haben auch diese Frauen Strasser eindeutig als Kunden erkannt. Einen sehr wählerischen Kunden, denn sooft ihm auch verführerische Blicke zugeworfen und Angebote zugeflüstert werden, wendet er sich ab. Solange, bis er eine gefunden hat, die der Beschreibung nach die Rusalka sein könnte. Auch sie

---

[7] Teil des 7. Wiener Gemeindebezirks am Glacis, der durch seine Wirtshäuser aber auch für seine Prostituierten bekannt war. Die Wirtshäuser gibt es immer noch.

spielt eine Rolle, sie hält einen Papiersack in den Händen, so als ob sie Ware von einer Marchandmode an eine Kundschaft liefern würde, bleibt bisweilen stehen, blickt suchend zu den Hausnummern hinauf, und dergleichen mehr, nur um eine halbe Stunde später das Spiel zu wiederholen.

Strasser geht mehrmals an ihr vorbei, zögernd und mit verstohlenen Seitenblicken, den Zylinder in der Stirn, das Gesicht tief in Kragen und Halstuch versteckt – von Kopf bis Fuß der Freier, der sich nicht traut. Schließlich macht sie es ihm leicht, sie geht wie zufällig neben ihm her und lispelt:

„Scheener Mann, bist du einsam?"

Strasser nickt verschämt, erkundigt sich aber, ob sie vielleicht die Rusalka wäre, von der er schon viel Gutes gehört habe. Als ihm das bestätigt wird, folgt er ihr und steigt bald darauf im Haus „Zu den drei Rössern" eine Wendeltreppe hinauf, vor seinen Augen Rusalkas ausnehmend wohlgeformten Mädchenhintern, mit dem sie allerdings weit mehr wackelt, als zur Fortbewegung nötig wäre. In ihrer Dachkammer angekommen, bekreuzigt sie sich vor einem Bild der Maria vom Siege, wirft einige Kleidungsstücke ab, holt ein Handtuch hervor, das sie säuberlich faltet – eine Hälfte für ihn, eine für sie – hockt sich auf den Nachttopf, danach auf ein Lavoir und will schließlich zum Geschäftlichen kommen. Strasser schneidet ihr das Wort ab, zückt die Kokarde und teilt ihr mit, dass sie es diesmal mit der Polizei zu tun habe.

Rusalka fährt empört auf: „Ich war immer brav!"

Strasser beruhigt sie; es gehe nur um eine Auskunft und nicht um ihre Person, die ihn als Beamten im Übrigen völlig kalt lasse.

Das überrascht die Rusalka. „Hat der Herr mich aber auch gut angeschaut?", fragt sie und zwinkert ihm zu.

„So gut wie es nötig ist, aber jetzt soll Sie mir sagen, ob Sie gelegentlich bei Lebenden Bildern mitspielt. Sie weiß schon – wo sie für Geld das gleiche macht wie sonst auch, nur vor Publikum."

Da aber wird sie verlegen; in ihrer Welt ist das Theaterspielen moralisch verwerflicher als ihr Gewerbe. Sie wird richtig rot, und Strasser muss lange und verständnisvoll auf sie einreden, bis sie sich zu einer Auskunft durchringt.

Es ist nicht viel anders, als Strasser es sich vorgestellt hat, und in der Hauptfrage bringt ihn das Gespräch nicht weiter. Denn wo sich das abgespielt hat, kann auch Rusalka nicht mit Bestimmtheit sagen. Finster wäre es halt immer gewesen und weit vor der „Lini". Damit meint sie den Linienwall, die äußere Verteidigungsanlage der Stadt.

„Welche Lini?", will Strasser wissen, denn die Abschnitte des Walls haben ihre Namen nach der Vorstadt, der sie vorgelagert sind.

Rusalka kennt sich da nicht gut aus, so lange ist sie noch nicht in Wien. Die Lerchenfelder Lini könnt es gewesen sei oder die Ottakringer, jedenfalls seien sie vom Spittelberg bald dort gewesen. Erst außerhalb der

Lini habe sich der Weg gezogen. – Abgeholt worden ist sie an einer gewissen Ecke hinter Sankt Ulrich, also nicht weit von ihrem Standplatz. Im Fiaker und mit verhängten Fenstern.

„Numero?", fragt Strasser. Die Nummer weiß sie nicht. Es wäre auch immer ein anderer Fiaker gewesen.

„Ist Sie in diesem Haus auch nach diesen Vorstellungen Ihrem Gewerbe nachgegangen?", fragt Strasser.

„Ja", antwortet Rusalka mit einem gewissen Stolz, „Ich hab' sogar Stammgast. Mit dem muss ich immer gehen, nachher. Aber wär nicht lang Stammgast geblieben, weil hat gesagt, irgendwann nimmt er sich die Annamirl, wenn sie genug gelernt hat."

Strasser gibt es einen Stich, aber er lässt sich nichts anmerken. „Wohin mit ihm gehen?", fragt er.

„Na, nach Vorstellung, wenn Zuschauer sind ganz brunftig. Manche machen es gleich draußen im Wagen – wissen schon –, und manche von den Damen nehmen sich einen von den Burschen mit, aber da sind auch Ehrengäste – mit denen machen es wir Madln, in Zimmern neben Bühne."

„Und so einer ist Ihr Stammgast? Wie schaut der aus?"

„No, hat immer Maske getragen, so wie alle. Und versteht was von Titschkerln.[8] Hat guten Körper, wie ein herrschaftlicher Laufer oder so. Hat aber immer Hemd anbehalten."

---

[8] Einer der zahllosen Wiener Ausdrücke für Geschlechtsverkehr

Also einer, der sich verraten würde, wenn er seinen nackten Körper herzeigt, denkt Strasser. Vielleicht tätowiert? Oder gebrandmarkt?

„Irgendwelche anderen Merkmale?"

„Also, ist nicht beschnitten."

Das hat Strasser aber nicht gemeint, und er wendet sich der Topographie zu. Rusalka ist willig; so gut sie kann, beschreibt sie das Haus, das Strasser sich demnach als bescheidene Landvilla vorstellt; sie erzählt von den maskierten Zuschauern, von dem Garten, in dem es nach Flieder geduftet hat, den Räumen, in denen sich die Akteure haben waschen dürfen, von dem Obst und den Zuckerln, die sie bekommen haben, und von dem gewissen Zaubertrank, der allen geholfen hat, eine anfängliche Schüchternheit zu überwinden und nach einer Weile das Theaterspielen sogar zu genießen.

Aber keine Namensschilder an den Gemälden sind ihr aufgefallen, keine herumliegenden Briefe, nichts, was auf den Hausbesitzer hingedeutet hätte. Vielleicht heißt er Vogel, sagt sie und muss lachen. Die Zuschauer hätten sich untereinander immer nur leise unterhalten, ihrer Meinung nach auf Französisch, aber auch auf Deutsch.

Es habe eine Art Spielleiter gegeben, der den Darstellern den Inhalt und Ablauf der Bilder auf Französisch vorgegeben und durch Gesten erläutert hat. Wieder muss sie lachen, denn jetzt weiß sie, welche Praktiken unter „faire minette", „enculer" und so weiter zu verstehen sind, und kann ihre französischen Kunden damit überraschen.

Auf der Bühne würde sich der Übergang von einer Position zur nächsten nach der Musik richten, fällt ihr noch ein. Die Geschichten seien angeblich von den alten Griechen, aber sie könne sich nur schwer vorstellen, dass die alten Griechen, von denen sie in der Schule gelernt hat, solchen Saubären gewesen sind.

Sie bekommt pünktlich ihre Gage, alles andere ist ihr egal. Die anderen Akteure hat sie nur vom Sehen gekannt. Sie weiß, dass häufig gewechselt wird, weil das Publikum gern jemand Neuen sieht, weshalb sie nur etwa jedes dritte oder vierte Mal drankommt,

„Hat Sie vielleicht was von draußen gehört? Musik oder so was?"

„Oh ja", erinnert sie sich, „einmal hat man in der Nähe die Spompanadl-Quadrill' gespielt, die was ich sehr gern mag."

„Wann war das?"

Das weiß sie noch ganz genau: Wie die Annamirl das erste Mal dabei war. Weil sie der Kleinen zugeflüstert hat, dass sie viel lieber dort tanzen möchte, als vor den Maskierten in der Villa griechische Sauereien zu treiben.

„In welcher Besetzung ist gespielt worden?"

Jetzt muss sie nachdenken und die Finger zu Hilfe nehmen.

„Ja, damals war also ich, und der Poldl, ein Maurergesell', und die kleine Annamirl, und zu Anfang haben wir uns gegenseitig –". Den Rest will sie durch Gesten veranschaulichen.

„Nein, die Besetzung von der Musik will ich wissen!", unterbricht Strasser.

„Ah so – ja ein Quartett muss gewesen sein, mit einem Hackbrett dazu", meint sie, „und eine Menge Leute waren dort und haben eine Hetz gehabt, hat man hören können."

Also ein Tanzboden oder ein Kirtag, vielleicht in Dornbach oder Hernals. Mehr ist aus Rusalka nicht herauszubringen. Dafür schildert sie ausführlich, wie die Annamirl einmal fast die Vorstellung geschmissen hätte. Gottseidank ist eine junge Dame aus dem Publikum eingesprungen, die sich damit viel Dankbarkeit erworben hat. Die Annamirl aber ist für ihren Ungehorsam bestraft worden und hat nie mehr auftreten dürfen. Gesehen hat Rusalka die Bestrafung nicht, aber sie hat Annamirl schreien und weinen gehört.

Am Ende schenkt Strasser der Rusalka drei Gulden Wiener Währung, ein Vielfaches ihrer normalen Taxe. Das macht sie ganz verliebt, und er kann sich ihrer nur mit Mühe entwinden. Als er schon gehen will, kommt ihm noch ein Gedanke.

„Warum meint Sie, dass der Hausherr Vogel heißt – weil in dem Haus gevögelt worden ist?"

„Aber nein – da war Vogel!"

„Wo denn?"

„Über der Haustür."

„In einem Käfig?"

„Nein, Vogel aus Stein. Ungefähr so groß." Und Rusalka zeigt die Höhe einer Weinflasche. Bevor Strasser noch fragen kann, setzt sie fort:

„Ein Eule herich."

Eule? denkt Strasser. Die Eule – wofür steht sie? Symbol der Weisheit … das antike Athen … oder doch nur Zufall, und die Eule ist schon seit jeher dort. Er nimmt sich vor, Kollegen Morawetz zu fragen, der ein kleines Lexikon der Symbole und Geheimzeichen angelegt hat.

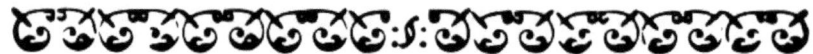

DREIUNDZWANZIG

Viel früher als erwartet lässt sich die eigentlich in Maria Taferl zu weilen habende Madame Sinzinger bei Strasser anmelden, nimmt auf seine Einladung Platz und legt ihm wortlos ein in schwarzes Maroquin gebundenes Notizbuch hin, das schon sehr mitgenommen aussieht.

„Wieso ist die Madame schon zurück? Die Mörder von Ihrem Mann, muss ich Ihr leider sagen, sind noch auf freiem Fuß."

„Das Geld hat nimmer gereicht, und in Maria Taferl gibt's keine Arbeit für mich."

„Und was soll ich damit?", fragt Strasser und deutet auf das Bücherl.

Jetzt muss die Frau weit ausholen: Vom Totenbeschauamt hat sie es bekommen. Denn ihren Sebastian haben sie in den Kleidern begraben, die er bei seinem Tod getragen hat; was aber in den Taschen war, haben sie ihr als Witwe zukommen lassen. Es war nicht gerade viel – ein paar Bankozetteln, ein paar Kreuzer, Stahl und Stein zum Feuermachen, eine Pfeife. Und eben dieses Bücherl. Sie hat es schon wegwerfen wollen, da hat sie zum Glück einen Blick hinein getan. Und was sieht sie? Lauter Numero!

„Ja und?", sagt Strasser, der schön langsam ungeduldig wird.

„Ihro Gnaden wissen eh, dass die letzten drei Numero, die was ein Sterbender sagt, unfehlbar im Glückshafen gezogen werden."

Strasser, der nie in der Lotterie gespielt hat, weiß es nicht.

„Warum sollt ein Sterbender drei Numero sagen? Der hat andere Sorgen."

„Ah, das kommt oft vor – und wenn nicht, dann muss man ihn halt danach fragen ..."

Eben das hat die Frau beim seligen Sinzinger nicht tun können, aber dass er gestorben ist und sie sein Bücherl mit den vielen Numero bekommen hat, das ist ganz was Ähnliches wie letzte Worte und muss etwas zu bedeuten haben, findet sie. So hat sie es sorgfältig getrocknet und will demnächst die ersten drei Zahlen setzen. Außerdem meint sie, dass der Inhalt die Polizei interessieren könnte, und deshalb ist sie gekommen.

Strasser versucht in dem Notizbuch zu lesen, aber die Seiten haben sich gewellt, und die Schrift ist sehr verwaschen. Zu erkennen ist, dass Sinzinger angefangen hat, über seine Finanzen Buch zu führen, eigentlich ein Zeichen für eine ernsthaftere Lebensführung, das Grund zur Hoffnung gegeben hätte. Da steht am Beginn das letzte Salär, das er beim Meister Lowentz bezogen hat, dann die jährliche Wohnungsmiete – hundertvierzig Gulden, und sonstige Ausgaben für den Haushalt. Danach aber geht es bergab, denn jetzt kommen, jeweils mit Datum, wechselnde Beträge mit einem Plus- oder einem Minuszeichen davor, und Strasser errät, dass es sich um die Gewinne oder Verluste am Spieltisch handelt.

Gegen Ende dürfte das Kapital des Sinzinger erschöpft gewesen sein, denn jetzt stehen da runde Beträge und daneben Namen wie „Ferdl", „der Gschwinde", „der Gstauchte" und so weiter, offenbar die Darlehensgeber, die ihm das Weiterspielen ermöglicht haben. Einige Namen meint Strasser noch aus seiner Zeit bei der Wache zu kennen.

Und dann, unter dem zwanzigsten Juni: fünfhundert Gulden! Jetzt wird Strasser aufmerksam, denn das ist kein Spielgewinn oder -verlust, bei einem solchen Betrag kann es sich nur um die Anzahlung für die Gewehre handeln. Und daneben steht groß und unterstrichen: „Vom Prutus".

Strasser muss seine Vorstellung von den letzten Augenblicken Sinzingers revidieren. Wenn der das Notizbuch bei seinem Tod noch bei sich gehabt hat, sieht es eher so aus, als ob er einen Fluchtversuch unternommen hat und dabei in die Donau gefallen ist. Denn nach einem Mord hätten ihn die Täter doch gewiss durchsucht und belastende Dinge verschwinden lassen.

„Kann mir die Madame das Bücherl hierlassen? Wenn nur die ersten drei Numero zählen, braucht Sie ja die übrigen nicht."

Eigentlich doch, meint sie, denn sollten die ersten drei wider Erwarten keinen Gewinn bringen, hat sie vor, die übrigen der Reihe nach zu setzen. Aber vorderhand kann sie das Bücherl entbehren, damit die hohe Behörde eine Abschrift davon macht.

Als sie fort ist, geht Strasser in seinem Büro auf und ab, fuchtelt heftig mit dem Falzbein, reibt sich die Hände, kratzt sich da und dort, kurzum, er zeigt alle Anzeichen der Unentschlossenheit. Als Beamter hätte er jetzt einen Bericht zu schreiben, soviel ist klar. Und dass der im Notizheft erwähnte Prutus mit der Entführung und Ermordung des Sinzinger zu tun hat, ist anzunehmen.

Dann gibt es zweifellos Komplizen, vielleicht sogar eine ganze Bande. Zur Abholung der Gewehre sind sie mindestens zu zweit gekommen, und sicher hat der, der Strassers Fiaker Am Tabor sabotiert hat, auch zu ihnen gehört.

Strasser kommt recht bald zu dem Ergebnis, dass es derzeit keinen Sinn hat, seinen Vorgesetzten oder den Capitaine von seiner Entdeckung zu unterrichten. Dann liest er die Aufzeichnungen zu Ende.

Viel steht da nicht mehr. Nur noch einmal der Betrag von 500 Gulden und das Datum 6. Juli. Das wäre also die Übergabe der Waffen und die Bezahlung des Kaufpreises gewesen, letzteres wohl eine hoffnungsvolle Vorwegnahme, denn bekommen hat Sinzinger das Geld sicher nicht. Auf jeden Fall war es sein Todestag.

Strasser macht einen Aktenvermerk über den Besuch der Frau; das Notizbuch erwähnt er darin nicht. Aber er nimmt es mit nach Hause und schließt es ein.

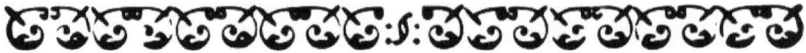

VIERUNDZWANZIG

Der Amtsdiener meldet eine Besucherin, die eine Anzeige machen will.

„Es ist kein Weibsbild, wie unlängst diese Sinzingerin, mehr schon eine Dame. Aber verschleiert, und ihren Namen will sie auch nicht sagen ... Dafür hat sie ausdrücklich nach Herrn Kommissär verlangt."

Anzeigen sind keine Seltenheit, denn so verhasst die von der Spänglergasse in manchen Kreisen sind, so gibt es doch viele Querulanten, die hier ihre fixen Ideen und Verdächtigungen loswerden wollen. Protokolliert wird alles, danach aber kommt eine kurze Prüfung, ob was dran ist, und in den meisten Fällen wird das Protokoll ohne weitere Veranlassung abgelegt. Strasser, mit seiner Zuständigkeit für kommune Verbrechen, hat den Löwenanteil an diesen Anzeigen. Meistens sind es anonyme Briefe; dass jemand vorspricht, ist selten, noch seltener, dass der Betreffende ihn kennt und namentlich zu sprechen wünscht. Strasser hat allerdings die Notwendigkeit, derartige Vorsprachen vertraulich zu behandeln, so eindrucksvoll dargestellt, dass er nicht mit einem Kollegen zusammensitzen muss, sondern ein Büro für sich allein bekommen hat.

Der Amtsdiener bleibt an der Tür – zur Sicherheit, denn im Vorjahr hat ein Narr ohne besonderen Anlass ein Tintenfass auf ein Porträt von Joseph dem Zweiten geschleudert.

Die Dame trägt in der Tat einen dunklen Schleier über ihrem Schutenhut, dazu einen weiten Mantel, der eine jugendliche, schlanke Figur erkennen lässt. Strasser bietet ihr Platz an, legt ein Blatt Papier vor sich auf den Schreibtisch und taucht die Feder ins Tintenfass.

Für gewöhnlich geht jetzt eine Suada los, denn der Anzeiger, der schon auf der Straße mit sich selber geredet hat, will loswerden, welches Unrecht ihm seit früher Jugend angetan worden ist, was böse Menschen, vornehmlich Angehörige der Jesuiten, Illuminaten oder Rosenkreuzer, gelegentlich auch die Preußen oder der Geist des Grafen Cagliostro – gegen den guten österreichischen Kaiser planen, wer in Wahrheit am letzten Hochwasser oder Kometen schuld war, und so weiter.

Aber auch in diesem Punkt ist die Besucherin anders, denn sie beginnt in sehr knapper Manier:

„Die Polizei-Hofstelle weiß nichts von einem Erlass Ihrer Majestät Maria Theresia, wonach die Geheime Polizei die Tanzschulen regelmäßig zu kontrollieren hat. Und die Tanzschule im Haus meines Vaters ist vom Magistrat genehmigt worden, und zwar aufgrund einer polizeilichen Stellungnahme."

„Dann sind Sie", sagt Strasser, „die Vicomtesse Turpin de Crissé. Ich hatte Sie bereits an Ihren wunderschönen Händen erkannt."

Die Dame schlägt den Schleier zurück. „Gott sei Dank, es ist unerträglich heiß da drunter. – Die Wahrheit zu sagen, Ihr kleiner Schwindel interessiert mich nicht. Ich möchte vielmehr wissen, ob eine polizeiliche Untersuchung gegen meinen Vater läuft."

„Hat er Sie zu dieser Anfrage ermächtigt?"

„Er weiß nicht einmal, dass ich hier bin."

„Dann darf ich Ihnen keine Auskunft geben. – Was wäre denn Ihrer Meinung nach der Grund für eine solche Untersuchung?"

„Das wissen Sie so gut wie ich."

Strasser deutet dem Amtsdiener, dass er gehen kann, und sagt:

„Dann wissen Sie auch, dass ein junges Mädchen, eigentlich noch ein Kind, das fast zu meiner Familie gehört, das Opfer von Wüstlingen geworden ist. Sie kennen das Mädchen übrigens."

„Es muss Anne-Marie sein! Sie kommt nicht mehr zum Unterricht."

„Ja, Anne-Marie. Und sie war sicher nicht das einzige Opfer. Ich will wissen, ob Ihr Vater etwas mit diesem Verbrechen zu tun hat."

Die Vicomtesse erschrickt.

„Ich bitte Sie! Sicher haben Sie doch erraten, dass seine Neigungen … nun, harmloser Art sind und er zu mehr gar nicht fähig wäre, selbst wenn er wollte. Und dass er nie ein Kind an Leib oder Seele verletzen würde, das kann ich Ihnen versichern."

„Aber jemand von seinen Freunden hat Anne-Marie dort gesehen und engagiert. Leider ist sie überaus begeistert fürs Theater und war daher leicht zu verführen"

„Hat sie denn keine Eltern, die sie beschützen? Gelegentlich ist ihre Mutter mitgekommen."

„Nur ist die leider ungewöhnlich blöd und sollte eher unter der Kuratel von Anne-Marie stehen als umgekehrt. Noch dazu kommt die Dame mit ihrer Witwenrente nicht aus und ist daher für Geldangebote sehr empfänglich. – Meine Frau und ich kümmern uns ein wenig um die beiden."

Die Vicomtesse steht auf, geht zum Fenster, blickt längere Zeit in die Spänglergasse hinunter, obwohl sich dort absolut nichts tut, und sagt dann:

„Sicherlich kennt die Geheimpolizei mein Privatleben und weiß, dass ich niemals in die Lage kommen werde, eigene Kinder zu haben, es sei denn durch Vergewaltigung oder Adoption. Umso mehr kümmert mich ihr Schicksal. Leider scheint sich die Staatsgewalt nur wenig dafür zu interessieren. Kindesmissbrauch bleibt meistens ungestraft, scheint mir."

Strasser hat ihr Dossier nicht gelesen und weiß nichts über ihr Privatleben. So gibt er ihr die übliche Erklärung, dass bei solchen Verbrechen die Täter oft hochgestellte und wohlhabende Persönlichkeiten sind, während die Opfer aus den unteren Schichten stammen, und dass kaum jemals eine Anzeige erstattet wird, weil den Eltern das Geld wichtiger ist als das Wohl ihrer Kinder, und vor allem, dass solche Anschuldigungen schwer zu beweisen sind.

„Hat man das Wohlergehen des Kindes im Auge", schließt er, „so ergibt sich ein Dilemma. Denn glaubt dem Mädchen, dann gilt sie als verdorben, glaubt man ihr nicht, dann ist sie verlogen. Bei dem geringen Verstand ihrer Mutter droht ihr in jedem Fall die künftige Erziehung durch irgendwelche Nonnen oder sonstige tugendhafte Menschen, und dieses Schicksal möchte ich ihr ersparen ...“

Die Vicomtesse nimmt wieder Platz. „Sie haben ganz recht. Und ich möchte in gleicher Weise meinem Vater ein Gerichtsverfahren ersparen, das ihn umbringen würde."

Strasser hat den Eindruck, dass dies die Überleitung zum geschäftlichen Teil ist, und beginnt sehr behutsam.

„So weit sind wir nicht. Üblicherweise kommt es nur dann zu einer Untersuchung, wenn der zuständige Polizeibeamte einen befürwortenden Bericht liefert."

„Dieser Beamte sind wohl Sie? – Was kann ich tun, um Sie zu einer wohlwollenden Betrachtung meines Vaters zu veranlassen?"

Diese Direktheit verdient eine klare Antwort.

„Madame! Der Fall Anne-Marie ist vorderhand meine Privatsache und kann es auch bleiben, wenn ich in einem anderen Fall Erfolge aufzuweisen habe."

Sein Gegenüber sagt nichts, neigt aber voller Aufmerksamkeit den Kopf.

„Sie befürchten, dass Ihr Vater in einen Sittenskandal verwickelt werden könnte. Ich wiederum brauche Einblick in gewisse Kreise der Emigranten – genauer gesagt, in die radikal royalistisch gesinnten Kreise."

Die Dame stützt jetzt das Kinn in die Hand, so dass der Finger mit dem Adelsring schön auf der Wange aufliegt. Strasser fährt fort:

„Damit meine ich jene Gruppierungen, die eine Rückkehr der Bourbonen herbeisehnen und ein Attentat auf Napoleon befürworten. – Falls es solche gibt", fügt er hinzu, denn noch weiß er nicht, wie die Reaktion der Vicomtesse ausfallen wird.

„Mit denen hat mein Vater nichts zu tun!", bricht es aus ihr heraus.

„Aber es gibt sie. Das wollten Sie mir doch sagen."

Es dauert einige Augenblicke, bis die Vicomtesse ihre Contenance wiedergefunden hat. Dann sagt sie ruhig und bestimmt:

„Zu Beginn werden Sie mir garantieren, dass mein heutiger Besuch sowie alles, was ich Ihnen – vielleicht – noch sagen werde, vertraulich behandelt wird."

Strasser lächelt. „Ich würde wohl kaum hier sitzen, wenn ich bei meinen Zundgebern – das ist ein Fachausdruck für Konfidenten – nicht den Ruf höchster Diskretion genießen würde."

„Das will ich Ihnen glauben. – Sie können sich vorstellen, dass wir, mein Vater und ich, ein großes Haus führen und fast täglich Gäste haben, meistens aus Kreisen unserer Landsleute. Da kommt es vor, dass manchmal nach dem Diner Gespräche geführt werden, bei denen die

Damen nichts verloren haben. Was ich weiß, stammt daher aus zufällig aufgeschnappten Bemerkungen, weggeworfenen Papierfetzen und ähnlichem, ja sogar aus Spuren auf Löschpapier."

Und Lauschen an Türen, Aushorchen von Dienstboten, Öffnen von Briefen und was sonst noch zum Spionieren gehört, fügt Strasser im Geiste hinzu. Doch er sagt: „Und Ihre Schlussfolgerungen daraus?"

„Die behalte ich für mich, so wie ich Ihnen auch nur einen Teil meiner Beobachtungen mitteile. Ich brauche Tauschware, denn wir werden vielleicht auch in Zukunft miteinander verhandeln."

„Selbstverständlich. Was also wollen Sie mir verraten?"

„Vor etwa zehn Tagen hat jemand in der Gesellschaft das große Wort geführt und etwas lauter geredet, so dass ich Folgendes hören konnte – Sie können mitschreiben, wenn Sie wollen. Er sagte: Zu den Iden des März –"

„Zu den was?"

„Iden des März – das Datum dürfte Ihnen erinnerlich sein."

„Leider nur dunkel. – Meinen Sie die kommenden oder die vergangenen?"

„Weder noch. Es handelt sich vermutlich um eine …wie sagt man? … eine Allegorie oder Symbolik. – Also: Zu den Iden des März werden Brutus und Cinna bei Äneas und Ceres sein. – Darauf folgte Gelächter und Applaus. Das ist alles, was ich Ihnen im Moment mitzuteilen habe."

Strassers Feder kratzt über das Papier.

„Und wer sind diese Personen?"

„Brutus und Cinna gehörten bekanntlich zu den Mördern Cäsars."

„Und was ist mit Äneas? Ceres?"

„Ich weiß es nicht. Die Erwähnung der Iden des März und der Name Brutus haben mir zu denken gegeben. Ihnen wohl auch."

„Aber deshalb kann ich nicht alle Emigranten unter Generalverdacht stellen, ja nicht einmal die, die in Ihrem Haus verkehren. Etwas mehr brauche ich schon."

Die Vicomtesse muss wieder eine Weile überlegen. Strasser drängt sie nicht, sondern blättert geduldig in seinen Akten.

„Sie haben recht, es dürften auch nur einige wenige sein, doch die sind mir nicht bekannt. Ich weiß nur, dass der Name „Chouans" gefallen ist."

„Chouans?" Das waren doch diese Bauern aus der Vendée, denkt er, die für den König und gegen die Revolution gekämpft haben? Den Namen hat man bisher nie in Zusammenhang mit den Wiener Emigranten gehört.[9]

„Das ist – was? – sechzehn Jahre her. Gibt's die denn noch?"

„Ich weiß es nicht, sie nennen sich eben so. Ihr Amt müsste darüber mehr wissen."

---

[9] Chouans: Katholische Royalisten, die 1793-1804 offenen Widerstand gegen die Revolution und Napoleon leisteten, vor allem in der Bretagne. Nach 1804 Geheimgesellschaft.

Mittlerweile ist Strasser eingefallen, was die Iden des März bedeuten.

„Und diese Chouans wollen den Tod Cäsars?"

„Das ist anzunehmen. Vor neun Jahren haben sie es in Paris versucht, als unser Cäsar noch Erster Konsul war – mit der Höllenmaschine in der Rue St. Nicaise … Und seither folgt ein Plan auf den andern, doch bisher ist nie etwas daraus geworden, weil es an Helden fehlte. Oder weil es den Helden an Verstand fehlte."

Strasser nickt wissend, obwohl er nicht viel von diesen Dingen weiß. Gehört hat er von der Höllenmaschine, an der Napoleons Kutsche dann in einem solchen Tempo vorbeigefahren ist, dass sie zu spät gezündet wurde und zwar eine Menge Menschen umgebracht hat, aber nicht Napoleon. Eigentlich das Gebiet des Kollegen Morawetz, der für die Geheimgesellschaften zuständig ist.

„Ich frage mich, warum Sie uns diesen Hinweis geben. Sind Sie eine geheime Bewunderin Napoleons, wie so viele?"

„Ganz und gar nicht!", erwidert die Vicomtesse heftig. „Die hohe Politik interessiert mich nicht im Mindesten, und wenn Bonaparte vorzeitig abtritt, erspart das der Menschheit vermutlich viel Leid."

„Und Ihr Vater gehört zu diesen Chouans?"

„Ich weiß nicht, was Sie mit ‚Dazugehören' meinen. Natürlich ist ihm ihre Existenz bekannt, aber das ist auch alles. Mit den verfänglichen Gesprächen wird ja für gewöhnlich gewartet, bis er sich zurückgezogen hat, was aus Gründen seiner Gebrechlichkeit meistens recht früh der Fall ist. Und was sollte er auch beitragen? Er ist Invalide und verfügt nur über beschränkte Geldmittel."

„Dann nennen Sie mir die Verschwörer. Denn abgesehen von dem Namen, den sich diese Gesellschaft – vielleicht – gegeben hat, haben Sie mir noch nicht viel verraten, was ich nicht ohnehin wusste."

Auch darüber muss die Vicomtesse längere Zeit nachdenken. Endlich sagt sie:

„Das kann ich derzeit nicht. Ich könnte Ihnen höchstens unsere Freunde und Bekannten aufzählen, aber ich weiß nicht, wer davon aktiv geworden ist und wer allenfalls Mitwisser ist. – Übrigens steht dieser Personenkreis sicher schon in Ihren Akten."

Strasser hat sich diese Akten auch schon angesehen und erwartungsgemäß die höheren Ränge der Emigranten sowie eine Reihe österreichischer Aristokraten darin vorgefunden.

Die Vicomtesse hat nicht die Absicht, noch mehr zu sagen, und verabschiedet sich bald.

Die Dame, denkt Strasser, ist nicht mit der Geschäftsordnung der Geheimen Staatspolizei vertraut, sonst wüsste sie, dass weder eine Sittlichkeitsaffäre noch eine politische Verschwörung in die Zuständigkeit Strassers fällt. Und da noch in keiner Richtung eine polizeiliche Untersuchung eingeleitet ist und er nur über den Umweg des Unterkomitees mit den Attentatsplänen gegen Napoleon zu tun hat, kann er ihr ruhigen

Gewissens versprechen, dass die k. k. Behörden den Vicomte nach Möglichkeit verschonen werden.

Brutus, Cinna, Äneas, Ceres – die Namen gehen Strasser nicht aus dem Kopf. Was haben die vier gemeinsam? Genau genommen nichts. Brutus und Cinna sind historische Gestalten, und ihre Verbindung mit den Iden des März ist ihm klargeworden. Äneas hingegen ist eine Sagenfigur aus der Ilias, und Ceres ist eine Göttin und hat weder mit Cäsar noch mit Troja zu tun, sondern mit Feldfrüchten. Das alles hat Strasser einer Enzyklopädie entnommen, und es bringt ihn nicht weiter. Am Ende gelangt er zu dem vorläufigen Ergebnis, dass es Decknamen von Verschwörern sind – „Ceres" ist vielleicht weiblichen Geschlechts –, weshalb man mit mindestens vier Gegnern rechnen muss.

Wobei Prutus und Brutus wohl ein und dieselbe Person sind.

FÜNFUNDZWANZIG

Strasser hat um eine Vorsprache beim Hofrat ersucht, um ihm vom Besuch der Vicomtesse Turpin de Crissé zu berichten.

Das Idol des Hofrats, Metternich, ist am besten Weg zum Außenminister, und dieser Aufstieg hat auch am Hofrat seine Spuren hinterlassen. Er zeigt sich jetzt gern in einem neuen Anzug aus dem Modehaus Gunkel auf der Tuchlauben, der auch einem Minister nicht schlecht anstehen würde.

Der Hofrat weiß schon alles, und Strasser wüsste gern, warum. Die Frage versetzt den Hofrat in Heiterkeit.

„Ja, das ist so eine Sache. Die Vicomtesse, oder wie man da halt sagt, steht einer Person des Kaiserhauses nahe. Einer weiblichen Person, die bei ihr – offiziell – Französischstunden nimmt. Mehrmals die Woche. Die beiden Damen sind sehr eng befreundet, wenn Sie verstehen, was ich meine. Es wird halt allgemein bezweifelt, dass es den beiden um die Sprache geht. Obwohl, mit la langue hat es sicher was zu tun."

Hier zwinkert der Hofrat zum besseren Verständnis. Strasser belächelt pflichtschuldigst den Herrenwitz und sagt dann förmlich: „Für eine Beschwerde bestand kein Grund."

„Na, es war eigentlich keine Beschwerde. Die hohe Dame hat sich nur erkundigt, was Ihr Verhör sollte."

„Das war eine Privatsache und kein Verhör. Mein Patenkind hat eine Ballettschule besucht, die vom Vater der Vicomtesse veranstaltet wird, und da musste ich mich überzeugen, dass es dort mit rechten Dingen zugeht."

„Die Schule ist uns bekannt. Eine Reihe von Mädchen aus sehr angesehenen Familien besucht diesen Unterricht, und ihre Eltern haben nicht die geringsten Bedenken."

Die wissen halt nichts von dem Venezianerspiegel, will Strasser antworten, lässt es aber; stattdessen betont er, mit welcher Delikatesse er vorgegangen sei.

Der Hofrat schnauft verächtlich. „Aber gehen S' – Sie haben sich auf ein Dekret Ihrer verewigten Majestät Maria Theresia berufen, das es nie gegeben hat. Und warum haben Sie neuerdings angeordnet, dass die Besucher des Vicomte festzustellen sind, mit Namen und Anschrift? Haben Sie eine Ahnung, was das kostet?"

„Da geht es um was Anderes, wofür wir sehr wohl amtlich zuständig sind. Ich habe Anhaltspunkte dafür, dass der Vicomte in eine Verschwörung gegen Napoleon verwickelt sein könnte."

Der Hofrat blickt interessiert auf. „Ah so ist das … Dann verdächtigen Sie also die Emigranten?"

„Nur die Radikalen unter ihnen, die eine Restauration der Bourbonen anstreben, weil sie dann ihre alten Ämter, Besitzungen etcetera zurückbekämen."

„Na ja, eine vernünftige Theorie, auch wenn da noch ganz andere Kreise in Frage kommen, die Sie auch nicht außer Acht lassen dürfen. Sie werden jedenfalls diskreter vorgehen müssen. Und eine Überwachung der Wallnerstraße kommt beim gegenwärtigen Zustand der k. k.

Finanzen nicht in Frage. Schon deshalb, weil das eine Sache des Gemeinsamen Polizei-Komitees wäre, für die die Franzosen mitzahlen müssten. Falls sie überhaupt zustimmen."

„Ich gebe zu bedenken, dass wir für die Handlungen der Emigranten verantwortlich sind, und ich muss Herrn Hofrat an seine eigenen Worte erinnern, dass ein Attentat aus diesen Kreisen, wenn es fehlschlägt, für Österreich katastrophale Auswirkungen haben kann. Ich denke da an Abbruch der Friedensgespräche, Verhängung des Kriegsrechts und andere unangenehme Dinge. Ganz zu schweigen von den Folgen für mich, für Capitaine Leloup und vielleicht auch für Herrn Hofrat …"

Das bringt den Herrn Hofrat ein wenig in Rage.

„Jetzt versuchen Sie nicht mir Angst zu machen; ein österreichischer Hofrat ist schon von Natur aus sakrosankt, und mir im Speziellen wird kein Versäumnis nicht nachzuweisen sein. Unsere einzige Dienstpflicht ist es, ein Attentat zu verhindern, wenn es leicht geht. Die politischen Gegner vom Napoleon gehen uns nix an, sollen s' ihn umbringen, solang es nicht auf unserem Staatsgebiet passiert. Also tun S', was Sie können, aber lassen Sie mir den Vicomte in Ruh! Servitore!"

Dieser Gruß hat in Teilen der Beamtenschaft das althergebrachte „Servus" und „Gschamster Diener!" abgelöst, seit Österreich nach dem vorletzten verlorenen Krieg im Austausch gegen die Niederlande Venedig samt seinen Besitzungen und seiner Kriegsflotte bekommen hat.

Nachdenklich zieht sich Strasser zurück. Nur weil die Tochter vom Turpin eine sapphische Affäre mit irgendeiner Erzherzogin hat, darf man dem Alten nicht auf die Füße steigen? Woher dieses Zartgefühl? Ja, am Anfang, wie die ersten Emigranten vor der Schreckensherrschaft geflohen sind, da waren sie die „Unglücklichen" bei Hof wie beim Volk und haben sich alles herausnehmen dürfen. Aber das hat sich in den letzten neunzehn Jahren doch gründlich geändert, nicht zuletzt wegen des Benehmens dieser Herrschaften, die keine Ruh gegeben, sondern gegen Frankreich agitiert und damit Österreich in den verrückten Feldzug von anno Zweiundneunzig hineingeritten haben, wo sogar dieser Geheimrat Goethe mit hat müssen, aber dann lieber doch nicht darüber geschrieben hat. Heut wäre man froh, wenn man die Emigranten alle miteinander nach Haus schicken könnte.

Auch mit seinem Schönbrunner Unternehmen tut er sich schwer, denn es fehlt die Genehmigung des Hofrats. Dem sitzt das Debakel vom Tabor noch in den Knochen; die Geschichte ist natürlich herausgekommen, und Strasser wird seither in der Spänglergasse allgemein als „unser schneidiger Landgendarm" tituliert. Was ironisch gemeint ist, denn eine Polizeiaktion persönlich zu leiten, ist den anderen Herren bisher nur selten eingefallen. Aber bitte, heißt es, wenn der Strasser zu seinen Waldviertler Wurzeln zurückwill, soll man ihn nicht hindern, wahrscheinlich geht es eh wieder in die Hosen.

Unter diesen Umständen will der Hofrat nichts riskieren. Die Indizien, die auf ein Attentat hindeuten, scheinen ihm zu schwach.

Strasser hat insistiert: „Was kann schon passieren – höchstens, dass an diesem Abend halt nix passiert. Dann wird man sich zurückziehen und beten, dass auch nix publik wird. Ein Anschlag auf Napoleon hingegen hätte katastrophale Folgen, wie Herr Hofrat mir kürzlich erläutert haben, und wenn schon nicht Herrn Hofrat, so doch das ganze Amt in Misskredit bringen. Sollte aber ein Anschlag vereitelt und der Attentäter vielleicht auch noch gefasst werden, so täte der Ruhm des Amtes und ganz besonders des Herrn Hofrats erstrahlen wie noch nie."

Letzteres Argument hat den Hofrat nicht unbeeindruckt gelassen, obwohl ihm klar sein müsste, dass da nichts erstrahlen würde, weil über einen Attentatsversuch wie auch dessen Verhinderung sofort der Schleier des Vergessens gebreitet würde. Doch er hat noch immer Bedenken.

„Ihre Schlussfolgerungen in Ehren, aber ich sehe nicht, warum Sie so sicher sind, dass es grad am 14. August passieren wird."

Jetzt spielt Strasser seinen Trumpf aus.

„Ein Bericht ist grade in Rundlauf gegangen. Herr Hofrat haben ihn vielleicht noch nicht gesehen. Hier."

Und mit einer devoten Verbeugung legt er dem Hofrat ein Schriftstück hin, von dem er ziemlich genau weiß, dass es der Hofrat noch nicht gesehen hat. Es kommt von der

Briefzensur, die im Keller des Gebäudes routinemäßig die Korrespondenz interessanter Personen aufdampft, kopiert und, soweit sie in Chiffre verfasst ist, auch entziffert. Letzteres war hier nicht erforderlich, denn der Inhalt war nicht chiffriert und ist im Übrigen bedeutungslos; interessant ist daran vielmehr, dass im Haus der de Bombelles – höchster Emigrantenadel! – ein gewisser Polignac logiert.

„Doch nicht   d e r   Polignac?", wundert sich der Hofrat.

„Nein", erwidert Strasser, „denn der und sein Bruder sitzen ja noch in Haft, wegen der Höllenmaschin' von Weihnachten Achtzehnhundert. Aber ein Cousin."

Auch die Polignac sind Emigranten, schon seit 1789, und erbitterte Gegner der Revolution und der napoleonischen Herrschaft. Der in Frage Stehende ist niemand anderer als der Geschäftsträger des Grafen von Artois, und der wiederum ist einer der Brüder des exilierten Ludwig des Achtzehnten. Während der Schattenkönig in England seine Gicht pflegt, reisen die Brüder in Europa umher und arbeiten für die Restauration der Bourbonen, und das schon seit fast zwanzig Jahren.

„Dass der jetzt, kurz vor Napoleons Geburtstag, in Wien ist, hat was zu bedeuten", setzt Strasser fort, "Gratulieren will der sicher nicht, und eine bessere Gelegenheit für ein Attentat wird es nicht so bald geben. Denn bei der Stimmung, die in Wien herrscht, wird man in erster Linie unsere Patrioten verdächtigen und nicht die Emigranten.

Na, und dann, was man so hört über eine Verbindung mit unserem Erzhaus10 – für die Weltöffentlichkeit ist der Napoleon derweil noch der korsische Usurpator, den kann man ruhig abschießen, Kaiser der Franzosen hin oder her, aber wenn er einmal der Schwiegersohn vom österreichischen Kaiser ist..."

Da hat der Hofrat nur mehr eine Frage:

„Warum sollen wir das machen und nicht die Franzosen?"

Die Frage hat Strasser bereits mit Leloup diskutiert. Der hat ihm erklärt, dass auf Napoleon offiziell einfach keine Anschläge verübt würden und daher auch keine Abwehrmaßnahmen dagegen sichtbar werden dürften. Inoffiziell sehe es anders aus, aber nach außen hin gebe man sich unbesorgt. Daher werde General Savary nur einen einzigen Mann der Gendarmerie dafür abstellen, nämlich ihn selbst. Auf französischer Seite dürfe niemand außer ihm von dem Unternehmen Kenntnis haben.

 CR&O

Also hat der Hofrat die Genehmigung erteilt. Das war vor fünf Tagen, und jetzt, kurz davor, spricht Strasser neuerlich vor und ersucht plötzlich allen Ernstes darum, dass ihm der Capitaine abgenommen werde. Er sehe mehr Erfolgsaussichten, wenn Leloup nicht beteiligt wäre, sagt er.

---

[10] altösterreichische Bezeichnung für das Haus Habsburg

„Aber warum denn, mein lieber Strasser, Sie kommen doch gut mit ihm aus."

„Das hat damit nichts zu tun, Herr Hofrat. Capitaine Leloup mag ein liebenswürdiger Herr und tüchtiger Offizier sein, aber ich habe eben gewisse Vorbehalte gegen seine Person."

„Ja, was Sie nicht sagen ... Warum denn?"

„Er nimmt es mit der Wahrheit nicht sehr genau, wenn es um seine Person geht. Er betont mir ein bisserl zu sehr seine niedrige Abkunft: Angeblich war seine Mutter Wäscherin in Marseille und sein Vater ein Sträfling, der auf dem Weg ins Bagno von Toulon11 durch die Stadt kommen ist und dort besagte Wäscherin verführt hat. Wie er das gemacht hat, wo er doch an einer Kette mit hundert anderen gehängt ist, möchte ich gern wissen ..."

„Tät' mich auch interessieren!", pflichtet der Hofrat bei.

„Und dann soll er mehr oder weniger auf der Straße aufgewachsen sein. Aber seine Bildung und seine Manieren sind mir viel zu gut dafür."

„Da hat er vielleicht eine – oder ein paar – vornehme Geliebte gehabt, die ihn ein bisserl erzogen haben", mutmaßt der Hofrat.

„Und er spricht ausgezeichnet Deutsch – wo hat er das gelernt?"

---

[11] Bagno oder Bagne (von ital. "Bad") hießen Zwangsarbeitslager für Strafgefangene. Oft gleichgesetzt mit der Galeerenstrafe.

„Mir hat man gesagt, er wäre mit General Custine im Rheinland gewesen, bei der Kampagne von anno Zweiundneunzig."

„Da hat er aber sehr gut Deutsch gelernt für die kurze Zeit. – Ein anderes Beispiel: Er war in Ägypten und will auch noch dort gewesen sein, wie der General Kléber ermordet worden ist. Und dann war er angeblich bei Marengo dabei, bei den Kürassieren vom jungen Kellermann, ja vielleicht wären wir beide uns sogar gegenübergestanden, sagt er."

„Na und?"

„Der Mord an Kléber war am vierzehnten Juni 1800 ..."

„Ja?"

„Marengo auch ..."

Der Hofrat braucht eine Weile. Dann:

„Ah, da schau ich ja – zur gleichen Zeit in Ägypten und in Oberitalien sein, das soll ihm einer nachmachen.... Naja, dann hapert es vielleicht mit seinem Gedächtnis, oder er ist halt so ein Miles Gloriosus, von denen gibt's ja viele bei den Franzosen. Aber mir ist gesagt worden, er ist gescheit und er hat Courage."

„Ja, für eine Wirtshausrauferei reicht es auf jeden Fall."

Das ist Strasser jetzt so herausgerutscht, denn an und für sich wollte er das nicht melden. Aber der Hofrat ist neugierig geworden, und da gibt es kein Zurück. Als er fragt: „Wie kommen Sie denn auf das?", erzählt ihm Strasser notgedrungen von dem Vorfall in der „Traube".

Am Ende wird er amtlich. „Herr Hofrat sehen," schließt er, „dass er von Anfang an eigenmächtig Ermittlungen auf unserm Terrain angestellt hat, ohne sie mit uns abzusprechen. Der Capitaine scheint mir von brennendem Ehrgeiz beseelt zu sein und nicht geneigt, sich uns unterordnen zu wollen. Er ist offenbar einer von denen, die mit allen Mitteln Karriere machen wollen."

„Ja, die Geschichte hätten Sie eigentlich berichten müssen; solche Alleingänge haben wir nicht gern ... Aber was Ihr Anliegen betrifft – den Capitaine hat uns der Savary aufs Aug' gedrückt, der ist der Stärkere, da kann ich gar nix machen. Aber ich sag' Ihnen was – bei Ihrem Unternehmen in Schönbrunn, da soll er ruhig mitmachen; weil wenn was schiefgeht, können wir den Franzosen sagen: Was wollt's denn, es war ein kombiniertes Unternehmen. Übergeben Sie ihm doch das Kommando über eine von ihren beiden Gruppen. Ihnen verbleibt dann die andere und der Oberbefehl. – Und noch was: Wenn Sie und Ihre Männer von einer französischen Patrouille erwischt werden – na Dankschön! – dann ist der Leloup da, der Sie hoffentlich heraushaut. Zumindest kann er dolmetschen."

Das ist die höhere Weisheit des Amtes, und obwohl Strasser immer noch schwere Bedenken hat, fügt er sich.

„Eine Bitte noch, Herr Hofrat: Ich gedenke, in den Schlosspark durch den Gang einzudringen, der vom ehemals Kaunitz'schen Palais am Grünen Berg unter der

Parkmauer hindurchführt und beim Obelisken endet. Das Palais gehört jetzt dem Metternich.[12]"

„Einen Gang gibts dort? Wozu denn das?", fragt der Hofrat verwundert.

„Vielleicht, damit der Hausherr, also seinerzeit der Staatskanzler Fürst Kaunitz, nicht bis zum Meidlinger Tor oder zum Maria Theresien-Tor gehen hat müssen, wenn er in den Park wollte. Nur brauchen wir eine Bewilligung des jetzigen Hausherrn, also des Herrn Gesandten Metternich, damit man uns den Zutritt erlaubt und keine Fragen stellt. Wenn der Herr Hofrat sich dafür verwenden möchte …?"

Dazu ist der Hofrat nur allzu gern bereit, denn jede Verbindung mit seinem Idol, selbst wenn sie nur dienstlicher Natur ist, schmeichelt ihm.

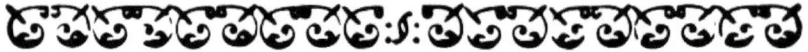

---

[12] Metternich'sche Villa am Grünen Berg – Heute eine Wohnsiedlung in der Grünbergstraße im 12. Wiener Gemeindebezirk. Der unterirdische Gang existierte noch in jüngster Zeit.

SECHSUNDZWANZIG

Schon am Morgen des 14. August haben die Franzosen ein Feuerwerk veranstaltet, besser gesagt, es ist ihnen passiert: In einem Artillerie-Laboratorium auf der Schottenbastei, wo sie Raketen und ähnliches hergestellt haben, hat es eine Explosion gegeben, die zirka dreißig Soldaten das Leben gekostet hat. Was aber der Geburtstagsstimmung keinen Abbruch tut; das Programm bleibt, wie es ist.

Und deshalb sitzen Strasser, Leloup und vier Freiwillige vom k. k. Polizeiwachkorps am Abend dieses Tages im Keller der Metternich'schen Villa, zwischen der Grünen Berg-Straße und der Schönbrunner Schlossmauer. Die Villa ist ein vergleichsweise bescheidener Bau in Kaisergelb, der nur durch seine Nähe zum Kaiserschloss geadelt wird; der Eigentümer Metternich hat noch nie hier gewohnt. Vom Keller führt ein kurzer Gang unter der Mauer hindurch und endet hinter dem Obelisken, das hat Strasser bereits überprüft und bestätigt gefunden. Der Majordomo hat ihnen den Keller geöffnet und sich sodann diskret entfernt.

Es ist kurz nach acht; die Sonne ist im Untergehen. Das Feuerwerk beginnt um Neun, da sollten sie schon beim Schloss auf der Lauer liegen.

Strasser hat kein gutes Gefühl bei diesem Unternehmen, denn die Polizeidiener sind nicht die besten Leute für diese Aufgabe. Keiner von ihnen ist vom Land, und keiner ist jemals Jäger gewesen. Und dass Smejkal einer der vier ist, sagt eigentlich alles. Aber alle sind voller Eifer, denn wenn man ihnen auch nicht genau mitgeteilt hat, was der Zweck des Unternehmens ist, wissen sie, dass es eine gefährliche Sache sein wird, die vielleicht mit Gewalt und mit Festnahmen endet – unter Umständen sogar mit ihrer eigenen Festnahme, denn sie werden sozusagen in ein Stück Frankreich eindringen, wo sie zurzeit nichts verloren haben.

Aber etwas mehr sollten sie schon wissen. Jetzt, wo keiner mehr wegkann, geht Strasser ins Detail:

„Unsere Aufgabe ist es, ein geplantes Attentat auf den Kaiser zu verhindern. – Den von den Franzosen, mein ich."

Einen Augenblick ist Stille, dann spricht einer aus, was alle denken: „Wäre das nicht Sach' von denen Franzosen selber?"

Mit einer Handbewegung erteilt Strasser Leloup das Wort.

„Es handelt sich um eine äußerst vertrauliche Angelegenheit", erklärt Leloup, „und da hat unsere Seite mehr Vertrauen zu Ihnen als zu unseren eigenen Leuten. Übrigens ist es ein gemeinsames Unternehmen – ich bin dabei, allerdings dem Commissaire unterstellt."

Bevor noch weitere Bedenken aufkommen können, erklärt Strasser: Man werde in zwei Gruppen vorgehen, deren eine Leloup kommandieren soll. Strasser teilt ihm den Polizeidiener Smejkal zu, der bereits vor Diensteifer glüht, was nichts Gutes erwarten lässt.

Man werde einen, vielleicht auch zwei gefährliche und bewaffnete Verbrecher überrumpeln, fährt Strasser fort, und das sei der Grund, weshalb an die Männer Kavallerie-Stutzen und je fünf Schuss Munition ausgegeben worden sind.

Auch er hat heute seine Weingarten-Pistole zuhause gelassen und eine ärarische Waffe mitgenommen, ein ungefüges, aber tödliches Werkzeug. Außerdem zwei Pfeiferl, die er sich von den Zwillingen ausgeborgt hat. Eines behält er, das andere bekommt Leloup. Die Dinger ahmen einen Vogelruf nach und sollen der Verständigung dienen, denn falls es zwei Attentäter gibt, müssen beide möglichst zur gleichen Zeit unschädlich gemacht werden.

Geschossen werde nur im äußersten Notfall, betont Strasser, denn die Gefahr sei groß, dass ein Schuss in Richtung Schloss fehlgeht oder in der anderen Richtung die Feuerwerker trifft. Oder dass seine beiden Gruppen einander gegenseitig totschießen. Daher sei dem Knüppel oder Säbel der Vorzug zu geben. Auf dem Weg zum Einsatzort müsse jeder Lärm vermieden werden. Und Gelsen seien zu zerdrücken und nicht etwa lautstark zu zerklatschen!

„Ziel sind die beiden Boskette, die dem Schloss zunächst gelegen sind, und zwar die auf der Ostseite. Die würden einem Attentäter Deckung bieten; näher kann er nicht herankommen, ohne gesehen zu werden."

„Und wie kommen Exzellenz auf diese Örtlichkeit?", fragt der Polizeidiener Smejkal.

„Wir haben einen Hinweis bekommen, dass ein gewisser Brutus und Cinna mit Äneas und Ceres zusammentreffen werden. Na, das deutet auf eine Verschwörung, und da wollen wir dabei sein."

Leloup wirft ein: „Ich verstehe nicht, was diese Namen mit unserem Operationsziel zu tun haben. Klingt unsinnig."

„Sehen Sie, Capitaine, so ist es auch mir ergangen. Es ist ein Rätsel; ich glaube aber, ich weiß jetzt die Lösung: Alle vier sind historische Figuren, aber bei Äneas und Ceres geht es nur um ihre Abbilder."

„Wieso Abbilder?"

„Sie wissen doch, dass es in ganz Schönbrunn Statuen von Gestalten aus der antiken Mythologie gibt. Äneas und Ceres sind Statuen! Jene Statuen, die dem Schloss zunächst stehen, und zwar auf der Ostseite! Sie werden die Königsmörder Cinna und Brutus beschützen, ihnen also Deckung geben."

Das entlockt dem Capitaine ein „Parbleu! – Wie haben Sie das herausgebracht?"

„Ich habe mich meiner klassischen Bildung bedient." sagt Strasser zurückhaltend.

„Erlauben Sie", sagt Leloup wie nach einer plötzlichen Eingebung, „dass ich mich entferne. Ich möchte noch eigene Vorkehrungen treffen, damit das Unternehmen auch gelingt. Ich stoße am Operationsziel zu Ihnen."

„Gerade das muss ich Ihnen untersagen!", erwidert Strasser prompt, denn damit hat er gerechnet: Jetzt, wo der Capitaine im Bilde ist, wird er alles tun, um den Ruhm alleine zu ernten; wahrscheinlich stellt er eine Patrouille aus seinen eigenen Leuten zusammen – Geheimhaltung hin oder her. Vielleicht lässt er uns sogar festnehmen, denkt er, damit wir ihm nicht in die Quere kommen.

„Ich muss darauf bestehen!", sagt Leloup, und seine Koteletten sträuben sich.

„Und ich muss Sie daran erinnern, dass ich das Kommando habe. Sollten Sie sich mir widersetzen, muss ich das Ihrem General melden, so leid es mir täte."

Leloup murmelt etwas auf Französisch, aber dann zuckt er die Achseln und zieht aus einem Bandelier zwei prächtige Le Page-Pistolen hervor, deren Funktion er gründlich überprüft.

Auch wenn Strasser sich nichts anmerken lässt, ist er mittlerweile so aufgeregt, dass es ihm fast den Atem abschnürt. Der heutige Abend entscheidet über seine weitere Karriere, da macht er sich keine Illusionen. Wenn gar nichts passiert, hat er sich lächerlich gemacht. Und wenn ein Anschlag verübt wird, ohne dass er ihn verhindern kann, macht er bald wieder Dienst im Wald- oder Weinviertel, aber ganz oben, an der Grenze.

Um sich zu beruhigen, greift er nochmals zum Bulletin der Hofnachrichten. Doch die sind ihm alles andere als eine Beruhigung, denn nach wenigen Augenblicken fährt er auf wie das Opfer eines Magnetiseurs:

„Die letzte Musiknummer vor dem Feuerwerk, das ist doch –! Capitaine, kennen Sie den LeSueur?"

Leloup blickt von seinen Pistolen auf. „Den Hofkapellmeister des Kaisers? Nein, ich habe ihn nie getroffen."

„Ich meine seine Musik – zum Beispiel die Trommelphantasie. Die wird heute gespielt!"

„Ja, die kenne ich – da gibt es eigentlich nur Pauken und Trompeten, so dass man sich am besten beide Ohren zuhält … Was haben Sie, Commissaire?"

„Überlegen Sie doch! Das wird ja lauter sein als das ganze Feuerwerk nachher!"

Jetzt begreift Leloup.

„Sie meinen, dass schon während dieses Radaus geschossen wird?"

„Ich fürchte es. – Achtung, meine Herren, Abmarsch ist vorverlegt. So kommen wir vielleicht zurecht zu der Trommlerei. – Laden Sie jetzt Ihre Waffen!"

Er stellt eine Munitionskiste mit gewickelten Papierpatronen und Flintsteinen auf den Tisch, und einige Minuten lang ist nur das metallische Klicken der Ladestöcke in den Läufen zu hören.

Strasser fährt fort: „Versorgen Sie die Waffen so, dass Sie nicht damit irgendwo hängenbleiben – bedenken Sie, dass wir durch dichtes Gestrüpp müssen!"

ೞ೫

Als sie unter der Gartenmauer hindurch sind, ist in der Ferne ein sanftes Adagio zu hören. Strasser kennt es nicht, aber er vermutet, dass es etwas vom jüngst verstorbenen

Haydn ist, den Napoleon sehr verehrt. Die sechs Mann halten sich von den breiten Alleen und dem knirschenden Kies fern, sie streifen durch die Boskette, so mühsam es auch ist. Sie bleiben an Dornen hängen und werden von ganzen Wolken von Gelsen umzingelt und attackiert.

Der Park ist nicht menschenleer. Wie Strasser vorausgesagt hat, gibt es Leute, die die Nacht darin verbringen, gleichgültig, ob die Franzosen den Park gerade offenhalten oder gesperrt haben. Einmal stolpern die Männer über einen, der grunzend seinen Rausch ausschläft, und dann, hinter der Römischen Ruine, liegt plötzlich vor ihnen im Gras ein heftig rammelndes Paar – ein sonngebräunter Männerleib, umfangen von schlanken weißen Frauenbeinen. Die Frau setzt wieder und wieder zu Jubelschreien an, und der Mann ermahnt sie flüsternd zur Ruhe. Die Polizeidiener hätten große Lust, das Liebesspiel bis zum krönenden Abschluss zu beobachten, und Strasser muss sie durch stumme Gesten zum Weitergehen antreiben.

Wo sich die Alleen im Blumenparterre kreuzen, ist das Feuerwerk aufgebaut worden, und die Feuerwerker, überwacht von Artillerieoffizieren, legen letzte Hand an. Dort ist alles von Laternen hell erleuchtet. Die werden gelöscht werden, wenn das Spektakel losgehen soll, aber noch ist es nicht so weit, und was außerhalb des Lichtkreises ist, dürfte kaum gesehen werden.

Die Estrade des Schlosses ist dicht besetzt. Einige Herren stehen an der Balustrade, aber Strasser kann nicht erkennen, ob der Kaiser darunter ist. Inzwischen ist das Adagio verklungen, und die Musiker, großenteils Streicher, machen anderen Platz. Die bringen Trommeln und Pauken mit, und auch das Blech zieht auf, so dass sich die ganze Sitzordnung ändert. Es dauert also noch, und diese Zeit muss genützt werden.

ᘓ᠍ᙣ

Strasser hat seine Leute bis zum Rondeau mit den Statuen von Alexander und Olympias geführt. Hier, wenige Meter vor dem Ziel des Unternehmens, müssen sich die beiden Gruppen trennen. Mit einer Handbewegung deutet er Leloup, mit Smejkal und einem zweiten Polizeidiener zur Statue der Ceres vorzurücken. Sich selber hat er das Denkmal vorbehalten, auf dem Äneas seinen Vater Anchises aus dem brennenden Troja rettet, begleitet vom Knaben Julus. Es ist etwas näher zum Schloss gelegen als die Statue der Ceres. Bisher war nichts Verdächtiges zu sehen.

Jetzt beginnt eine kleine Trommel mit einem Marschrhythmus – das muss das Stück von LeSueur sein. Andere Trommeln und Pauken fallen ein; nach und nach wird es lauter. Dann Fanfaren, laut und leise, nah und fern und in verschiedenen Tonarten, so als ob zwei Armeen aufeinanderstoßen. Schon jetzt würde die Musik mit Leichtigkeit den Schuss einer Taschenpistole übertönen, und bald auch den einer Windbüchse.

Strasser und seine zwei Mann sind mittlerweile in einem Boskett, einem jener großen Gebüsche, deren zugeschnittene Hecken einer Hauswand ähneln, während sich im Inneren oft ein kleines Naturparadies verbirgt. Durch die Laubwand vor ihnen sehen sie undeutlich das Schloss; davor ragt als dunkle Masse der Sockel mit den Statuen auf. Würde sich ein Attentäter dahinter verbergen, müsste er für sie jetzt sichtbar sein. Die Schönbrunner Statuen stehen zwar dicht an den Laubwänden der Boskette, aber für eine Person ist dahinter zur Not Platz.

Von der Ceres-Statue her ertönt der Vogelruf, kaum hörbar beim Getöse der Trommeln. Leloup mit seinen zwei Mann ist also in Position, und Strasser antwortet. Die Fanfaren setzen wieder ein, diesmal untermischt mit den Themen von Militärmärschen – „Meuse et Sambre" ist zu erkennen und der „Marsch der Konsularischen Garden", kein Wunder, dass Napoleon dieses Stück liebt. Der Kaiser ist jetzt deutlich zu erkennen, denn er ist aufgestanden, unterhält sich aber in vorgebeugter Haltung mit einer Dame, die noch bei Tisch sitzt. Gleich wird er sich aufrichten und an die Balustrade treten, wo er ein ausgezeichnetes Ziel bietet.

Und kein Attentäter weit und breit ... Strasser weiß nicht, ob er erleichtert sein soll oder bedrückt. Er hat sich wahrscheinlich zum zweiten Mal blamiert. Aber wenn es kein Attentat gibt, bleibt Napoleon am Leben, was bedeutet, dass er seine Pflicht erfüllt hat, wenigstens heute Abend.

Der Polizeidiener Markwart, der weiter hinten postiert war, kommt in gebückter Haltung nach vor und sagt halblaut: „Bittschön, Exzellenz, wieviel Leut' sollten eigentlich da oben stehen?"

„Auf der Estrade?"

„Nein, auf dem Denkmal!"

„No, drei – der Äneas, der Anchises und der –". Dann dämmert es Strasser, was die Frage Markwarts bedeutet, und er tritt einige Schritte zurück. Jetzt sieht auch er es: Oben auf dem Sockel sind sie zu viert; zu den überlebensgroßen Figuren hat sich ein Zwerg gesellt, und dieser Zwerg stützt gerade einen länglichen Gegenstand auf der Hüfte des Äneas ab. Strasser könnte sich ohrfeigen. Dass er daran nicht gedacht hat – einen besseren Platz für den Schützen als da oben gibt es ja gar nicht!

In diesem Augenblick kommt Leloup mit seinen beiden Polizeidienern aus Richtung der Ceres-Statue ins Boskett und deutet mit der Hand, dass sie nichts gefunden haben. Strasser winkt ihn zu sich und sagt:

„Der Schütze ist oben bei den Statuen. Wenn die Musik am lautesten ist, wird er schießen. Wir müssen an den Sockel herankommen und ihn zur Übergabe auffordern." Der kriegerische Lärm des Orchesters ist bereits so stark, dass er nicht mehr flüstern muss.

Leloup gibt zu erkennen, dass er von einer Aufforderung zur Übergabe nicht viel hält.

Strasser lässt sich auf keine Diskussion ein, sondern erteilt letzte Anweisungen: Man wird sich aus dem

Boskett zurückziehen, es zu beiden Seiten außen umgehen, den Attentäter einkreisen und nach Möglichkeit lebend ergreifen. Und ihn nur im Notfall niederschießen. Da der Mann auf dem Sockel höher steht als die beiden Gruppen, wird man hoffentlich einander nicht totschießen.

Die Erfolgschancen stehen noch gut, als die beiden Gruppen zu beiden Seiten der Statuen ihre Positionen eingenommen haben, ohne dass der Attentäter etwas gemerkt hat.

Dann spannt Strasser den Hahn seiner Pistole und ruft so gebieterisch, als er nur kann:

„Gewehr fallenlassen und Hände in die Höh'!"

Der Mann am Sockel wendet den Kopf, aber er lässt seine Waffe nicht fallen und hebt auch nicht die Hände. Strasser versteht ihn nur zu gut: Er weiß, dass er verloren ist, aber seine Aufgabe will er noch erfüllen. Ein paar Augenblicke bleiben ihm, und Napoleon ist auf der erleuchteten Estrade kaum zu verfehlen.

Strasser hält seine Waffe in die ungefähre Richtung des Attentäters – für ein genaues Zielen ist es zu dunkel – und kommandiert:

„Feuer auf den Mann!"

Und drückt ab.

Zwei oder drei weitere Schüsse fallen. Der Mann stürzt vom Sockel, rappelt sich auf und läuft stark hinkend einige Schritte. Sein Pech ist, dass er an Smejkal vorbeimuss, denn Smejkal packt ihn, und gleich darauf wälzen sich beide auf dem Boden und schlagen aufeinander ein.

Mit ein paar Sätzen ist Leloup bei ihnen, reißt mit der freien Hand Smejkal weg, dass der zur Seite taumelt, hält dem Attentäter die Pistole an den Kopf und drückt ab.

Alles steht wie erstarrt. Strassers erste Sorge ist, dass ein verirrter Schuss jemanden auf der Estrade getroffen hat. Doch unter den Gästen ist keine Panik ausgebrochen; vielleicht haben sie die Schüsse für einen musikalischen Effekt LeSueurs gehalten, wenn sie sie überhaupt gehört haben. So schaut er sich einmal die Bescherung in seiner nächsten Umgebung an. Da sieht es nicht gut aus: Der Attentäter rührt sich nicht mehr, und die Waffe liegt weit außerhalb seiner Reichweite. Es ist eine Windbüchse, und er muss sie schon beim Sturz verloren haben.

„Was haben Sie getan, Leloup!", ruft Strasser.

Leloup begreift sofort den Vorwurf. „Was ich getan habe?", faucht er, „Diesem Idioten da habe ich das Leben gerettet!"

Der angesprochene Smejkal klopft sich den Staub vom Mantel. „Der Mann war ohne Gewehr, und ich hab' ihm schon beim Krawattl gehabt. Der Capitaine hat einen Wehrlosen erschossen!"

Wortlos holt Leloup zu einem Hieb aus. Strasser wirft sich dazwischen.

„Lassen Sie den Mann in Ruhe", sagt er. „Ein Toter genügt, und beim Schloss rückt die Wache aus. Wir brauchen Sie jetzt, Capitaine!"

Und zu den Polizeidienern:

„Wir sind Gefangene. Sichern Sie Ihre Waffen und halten Sie sie den Franzosen entgegen, den Kolben voran. Bewahren Sie Ruhe und tun Sie, was Ihnen befohlen wird. – Ich fürchte, wir werden heute Nacht nicht mehr viel zum Schlafen kommen."

Dann sind schon die weiß-blauen Uniformen um sie herum, und Musketen mit aufgepflanzten Bajonetten in großer Zahl richten sich auf sie. Einer nimmt das Gewehr des Attentäters an sich, andere beugen sich über den Toten. Die Trommelphantasie geht zu Ende und auf der Estrade setzt der Applaus ein.

Als der Sergeant sie zur Übergabe auffordert, fahren pfeifend und heulend die ersten Raketen in den Nachthimmel.

CRSO

Natürlich verhaften die Franzosen keinen Kommissär von der Geheimen Staatspolizei. Nein, sie vernehmen ihn höflich und ausführlich. Dass Leloup alle Angaben Strassers bestätigt, genügt den Gendarmen nicht; sie machen dem General Savary Meldung, der sein Quartier im Palais Czernin in der Wallnerstraße hat, heute aber im Schloss übernachtet. Die österreichischen Polizeidiener haben sie gehen lassen, aber Strasser muss bleiben und schwankt auf seinem Hocker vor Müdigkeit hin und her. Gerade, dass man ihm gestattet hat, den Pulverschmauch von seiner rechten Hand zu waschen.

Er leugnet ja nicht, dass er geschossen hat, also sind Beweise überflüssig.

Was den Colonel von der Gendarmerie am meisten interessiert: Woher wussten er und Leloup, wann und wo der Attentäter zuschlagen würde. Vor allem, woher wussten sie, wo er sich postieren würde.

Eine Information sei ihm zugespielt worden, antwortet Strasser, mehr zu sagen, verbiete ihm das Amtsgeheimnis.

Auf seine eigenen Fragen bekommt er dafür auch nur dürftige Antworten. Ja, der Mann ist tot, wird ihm gesagt. Ob er noch zum Schuss gekommen ist, lässt sich nicht feststellen, weil man nicht weiß, mit wie vielen Kugeln die Windbüchse geladen war. – Nein, der Kaiser ist unverletzt, und auch sonst ist niemand auf der Terrasse getroffen worden. – Ob der Kaiser den Vorfall bemerkt hat, kann man nicht sagen, ebenso wenig wie man jetzt in der Nacht nach Einschusslöchern am Schloss suchen kann. Und den Toten kennt hier keiner, aber man wird seinen Leichnam morgen gründlich besichtigen. Da müsse Strasser dabei sein; er werde daher die Nacht im Schloss verbringen.

Mit vieler Mühe veranlasst Strasser den Colonel, einen Boten zu Kathi zu schicken, damit sie sich keine unnötigen Sorgen macht.

Mit Leloup darf er nicht ohne Bewachung reden, und dabei hätte er ihm so gerne den Kopf gewaschen. Es ist ja genau das eingetreten, was er befürchtet hat: Der Capitaine wollte den Attentäter im Alleingang unschädlich machen, um den Ruhm nicht mit Polizeidienern teilen zu müssen, und Smejkal hat ihm die Gelegenheit dazu verschafft. Jetzt wird Leloup für immer der Held sein, der einen Meuchelmörder erschossen hat. Die Details – etwa der Umstand, dass der Mann wehrlos war und dass man ihn nicht mehr verhören kann, – interessieren niemanden.

Darüber ärgert er sich noch, als er lange nach Mitternacht endlich in ein Bett darf, ein Feldbett in einem Wachraum, vor dem zwei muntere Chasseurs, umgeben von Kiebitzen, Piquet dreschen, so dass er nur wenig zum Schlafen kommt. Im Morgengrauen bekommt er Rotwein und Weißbrot, er muss einen Militärmantel anziehen, und dann heißt es schon mitkommen, in den Eiskeller des Schlosses, wo er für den Mantel ehrlich dankbar ist.

Den Toten haben sie auf eine Tragbahre gelegt. Er ist nackt, seine Kleider und die Windbüchse liegen auf einem Tisch daneben. Man hat das Magazin entleert und die Bleikugeln säuberlich neben dem Gewehr aufgereiht. Fünf sind es; mit mehr Schüssen hat man offenbar nicht gerechnet.

Die Franzosen werfen neugierige Blicke auf die Waffe, die sie, wenn überhaupt, nur vom Hörensagen kennen. Ein hässliches Ding, findet Strasser; mit dem unförmigen Metallkolben ist es einer Keule ähnlicher als einem Gewehr.

Auch Leloup ist da, mittlerweile in Uniform. Mit Strasser wechselt er kein unnötiges Wort. Einige Offiziere sind mit General Savary gekommen, außerdem ein

Regimentsarzt mit zwei Gehilfen und einem Protokollführer. Savary begrüßt Strasser mit einem Kopfnicken; offenbar erinnert er sich noch an ihn vom dritten Juli. Über Allem liegt ein Hauch von Unbehagen; kein Wunder, ist doch etwas vorgekommen, das es nicht geben darf: Ein Attentat auf Napoleon.

Der Arzt diktiert seinen Befund im Eiltempo. Strasser versteht kein Wort, aber Leloup übersetzt für ihn sporadisch, was er für wichtig hält:

Man habe hier einen Mann von etwa dreißig Jahren, dunkelhaarig, vom europäischen Typus, unrasiert aber halbwegs gewaschen. Nicht beschnitten. Mittelgut genährt. Keine besonderen Kennzeichen. Er ist von zwei Kugeln getroffen worden; die in den Kopf war die Todesursache; die zweite, in die linke Hüfte, hätte der Mann überleben können, wäre allerdings auf seiner Flucht nicht weit gekommen. Leloup übersetzt, als ob ihn das alles nichts anginge.

Strasser meldet sich hier zu Wort und fragt nach Narben, Tätowierungen, Syphilisknoten, Leistenbrüchen, fehlenden Körperteilen. Zu allem schüttelt der Arzt den Kopf: Keine besonderen Kennzeichen, abgesehen von ein paar verschorften Kratzspuren am linken Unterarm.

Ob das wohl die letzte Tat im Leben des Sinzinger war, überlegt Strasser.

Jetzt wird die Kleidung inspiziert, und sie bietet so wenig Anhaltspunkte wie der Leichnam selbst. Getragen hat der Mann ein Maillot, in Wien „Meierl" genannt, und eine Unterhose, darüber Pantalons und eine kurze Jacke, deren Hellgrau der Farbe des Sandsteins ähnelt, aus dem die Schönbrunner Statuen bestehen. An den Füßen grobe Lederschuhe ohne Strümpfe. Nirgends ein Etikett oder Monogramm.

„Was ist in den Taschen?", fragt Strasser, obwohl er es sich schon denken kann.

Nichts ist in den Taschen. Man hat den Mann vor seiner Mission von allem befreit, was ihn von anderen Menschen unterscheiden könnte, hat also mit seinem Tod oder seiner Festnahme zumindest gerechnet. Ob er es gewusst hat?

Dann lässt sich einer der Offiziere die Jacke geben und steckt seine Nase in eine Seitentasche.

„Tabak ...", sagt er.

Jetzt beriecht auch Savary die Jacke, greift in die Tasche und holt ein paar Krümel heraus.

„Österreichischer Pfeifentabak!"

In Sekundenschnelle sind Strasser die Weiterungen klar. Wer die Produkte der österreichischen Tabakregie raucht, muss deshalb nicht gerade Österreicher sein, aber es spricht einiges dafür. Überprüfen kann er Savarys Feststellung nicht, denn er hat keine Ahnung, wie man die Nationalität einer Tabaksorte feststellen könnte. Auch wäre es schwer, in seiner Position einem General der Grande Armée und Herzog von Rovigo zu widersprechen, selbst wenn es nur um Tabak geht.

Ob er den Toten näher betrachten dürfe? fragt er. Es wird ihm gestattet, und er tritt an die Bahre und blickt dem Toten ins Gesicht. Dem ist Leloups Kugel quer durch den Schädel gegangen und hat ihn nicht gerade schöner gemacht.

Dem Aussehen nach könnte der Mann jeder Nation Europas angehören, vom Ungarn bis zum Portugiesen, da ist nichts zu wollen. Seine Augenlider sind halb geschlossen, und so blickt er ein wenig höhnisch drein, als wollte er sagen: Du kommst ja doch nicht dahinter, wer ich bin!

Strasser zieht die Oberlippe des Toten hoch. Die Zähne sind gelb verfärbt, aber kräftig und vollständig. Oder doch nicht ganz?

„Wollen die Herren bitte die Schneidezähne ansehen", sagt er, und Leloup übersetzt.

„Wozu?", fragt Savary.

„An einem Zahn fehlt ein Stück."

Was der Regimentsarzt darauf achselzuckend sagt, versteht er nicht, aber er errät es: „Da hat sich der Mann halt ein Stück Zahn ausgebissen."

Strasser lässt nicht locker: „Aber der Mann hat gute Zähne, und die Öffnung ist rund und glatt. Da ist gebohrt worden!"

Worauf alle das Gebiss des Toten betrachten.

Und in das eintretende Schweigen hinein sagt Strasser langsam und deutlich, damit Leloup auch schön übersetzen kann: „Der Mann wollte auch im Winter beim

Wachestehen nicht auf seine geliebte Pfeife verzichten, und um dabei nicht die kalte Luft einzuatmen, hat er sich quer durch einen Zahn ein Loch bohren lassen. So konnte er bei geschlossenen Lippen rauchen. Soviel ich weiß, ist das bei Ihrer Armee in Mode, nicht aber bei der unsrigen. Es ist also gut möglich, dass er französischer Soldat ist. Gewesen ist."

Savary hört sich das mit unbewegter Miene an und wiegt nur ein wenig den Kopf. Dann stellt er eine Frage, aus der Strasser deutlich die Worte tireur d'élite heraushört, was Strasser sich mit „Scharfschütze" übersetzt.

Leloup scheint zu antworten, dass er sich die Desertionslisten ansehen werde. Keiner widerspricht Strasser.

Die Herren bestehen also nicht unbedingt darauf, den Anschlag den Österreichern in die Schuhe zu schieben, denkt Strasser; die Lage ist auch so schon angespannt genug. Trotzdem – die Waffe des Toten ist eine österreichische Erfindung, ja sie ist sogar bei der k.k. Armee in Verwendung. Auch Meister Lowentz und Sinzinger sind beziehungsweise waren österreichische Untertanen. Wenn die Franzosen die Friedensgespräche umbringen wollten, so hätten sie genug Munition dafür. Aber im Augenblick brauchen sie den Frieden dringend und sie haben daher auch kein Interesse daran, die Sache an die große Glocke zu hängen. Wahrscheinlich behalten sie den Anschlag im Talon und werden darauf zurückkommen, wenn und falls es ihnen dienlich erscheint.

Am Ende soll Strasser das Protokoll unterzeichnen. Er tut es, aber mit dem Zusatz, dass er damit nur seine Anwesenheit bestätigt und nichts zur Sache aussagt; und er verlangt, dass eine Kopie an die Spänglergasse geschickt wird. Im Gegenzug verlangen die Franzosen eine Kopie des Berichts, den er über die Vorgänge des gestrigen Abends zu schreiben haben wird.

CR ßO

Dieser Bericht macht Strasser zu schaffen. Nicht, was ihn betrifft – er und seine Leute haben ihre Aufgabe erfüllt. Es geht um die Aussagen von Leloup und Smejkal. Denn glaubt man dem polizeibegeisterten Böhmen, so hat Leloup ohne Not einen Wehrlosen erschossen, der ohnehin schon eine Kugel im Leib hatte. Strasser weiß, dass Smejkal die Wahrheit sagt; es stellt sich nur die Frage, ob Leloup wirklich meinte, dass der Attentäter immer noch seine Waffe in Händen hielt, oder ob mit ihm die Mordlust durchgegangen ist.

Wie soll man da formulieren, ohne einem von ihnen zu schaden? Am Ende schreibt er:

„... und haben sich hierbei Capitaine Leloup und der Polizeidiener Jan Smejkal durch übergroßen Diensteifer hinreißen lassen, heldenmütig den flüchtigen Attentäter anzugreifen, und wurde derselbige auf diese Art am Schusse gehindert und getötet. – Obgleich Komplizen noch auf freiem Fuß befindlich sein könnten, ist eine Wiederholung des Attentats nicht zu befürchten, weil der Kaiser der Franzosen in nächster Zukunft sich nicht bei ähnlichen Gelegenheiten zeigen wird und die Vorsichtsmaßnahmen auf französischer Seite zweifellos verschärft worden sind."

Diese Formulierung findet den Beifall des Hofrats, der den Bericht genehmigen muss. Er blickt von der Lektüre auf.

„Ja, so ist es gut. Klingt amtlich, und kein Mensch kann sich was vorstellen dabei. Aus Ihnen wird vielleicht doch noch was."

CR80

Auch nach diesem Halb-Fiasko gehen die Konferenzen des Gemeinsamen Unterkomitees weiter, doch beschränken sich die beiden Deputierten auf allgemeine Gespräche bei gutem Essen.

Strasser hat nicht vergessen, dass Leloup den Attentäter ohne Not erschossen hat, so dass man betreffend seine Hintermänner keinen Schritt weitergekommen ist. Leloup nimmt den Vorfall nicht sehr ernst und meint, dass solche Sachen in der Hitze des Gefechts schon vorkommen können und dass diese Canaille ohnehin nichts anderes verdient hat und, nebenbei bemerkt, gar nicht so weit von seiner Waffe entfernt war. Natürlich hat niemand diese Entfernung gemessen, so dass Leloup jetzt alles Mögliche behaupten kann. Dass die Verschwörer in nächster

Zukunft auf die gleiche Weise zuschlagen werden, hält das Unterkomitee aber für unwahrscheinlich, weil sich im Terminkalender Napoleons einfach keine gute Gelegenheit dafür findet.

Von der Vicomtesse kommt keine Nachricht; sie vertraut wohl auf die Zusicherung Strassers, dass ihrem Vater behördlicherseits keine Gefahr droht. Laut Spitzelberichten ist sie als Begleiterin einer Erzherzogin in Schloss Laxenburg.

Die Stimmung in der Stadt ist feindseliger denn je; die verbündeten Bayern und Franzosen haben wieder einmal am Bergisel gegen die Tiroler verloren, doch die Friedensgespräche in Schönbrunn nehmen ihren Lauf, lang kann es nimmer dauern. Sobald der Frieden unterzeichnet ist, wird Napoleon abreisen und sich anderen Dingen zuwenden. Damit wird die Aufgabe von Komitee und Unterkomitee beendet sein. Strasser hat Leloup vom Inhalt seines Berichts informiert; mehr hält er unter diesen Umständen für überflüssig. Umgekehrt hat ihm Leloup eine Kopie seines Berichts an General Savary zukommen lassen. Der Bericht hat es in sich: Demnach hatte der Mann seine Waffe bereits in Händen, und der Polizeidiener Smejkal befand sich in höchster Gefahr, während Leloup so weit entfernt war, dass ihm nur die Pistole blieb, die er – zum Glück! – noch nicht abgefeuert hatte. Bedauerlich, aber leider nicht zu vermeiden ...

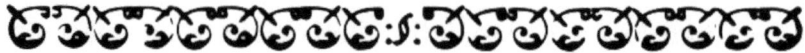

SIEBENUNDZWANZIG

Strasser hat jetzt mehr Zeit für den Fall Annamirl, doch er macht keine Fortschritte.

Bis er eines Nachmittags, als er aus dem Amt heimkommt, ein Damenkomitee vorfindet, das nur auf ihn gewartet hat. Bei Zichorienkaffee und Gugelhupf sitzen da Kathi, Madame Marini und Annamirl. Vor einer halben Stunde sind die Damen Marini aus dem fünften Stock heruntergekommen, und Annamirl hat zu Kathi ohne Umschweife gesagt, dass sie mit dem Herrn Göd reden möchte. Das ist so ungewöhnlich, dass Kathi vorerst die Buben zum Spielen in den Hof geschickt hat, mit dem strikten Befehl, erst wiederzukommen, wenn sie gerufen werden.

Annamirl ist kaum wiederzuerkennen. Seit Schulbeginn geht sie wieder in die Normalschule, sie ist nicht mehr bockig und sie macht auch nicht mehr ins Bett, das hat Kathi von der Madame Marini erfahren. Sie ist ein Stück gewachsen und so ernst, dass sie schon eine kleine Erwachsene sein könnte. Ihr Knicks ist der eines Backfischs, und Strasser verbeugt sich unwillkürlich vor ihr.

Kathi sagt: „Die Annamirl möcht' dir was sagen."

Strasser setzt sich. „Ja was denn?"

Annamirl stellt sich kerzengrad hin und sagt mit einer gewissen Überwindung:

„Aber zuerst möcht' ich, dass die Frau Mutter fortgeht."

Beide Strasser schauen die Frau Mutter fragend an. Aber die scheint geradezu erleichtert, dass sie sich aus der Sache heraushalten darf, und steht bereitwillig auf. Als sie gegangen ist, setzt sich Annamirl und sagt ohne weitere Umstände:

„Der Herr Göd möcht' wissen, was mir in dem Haus damals passiert ist, nicht?"

Sein Interesse abzuleugnen hätte keinen Sinn, dafür ist das Mädchen zu klug. So sagt Strasser vorsichtig:

„Ja, das wüsst' ich gern."

„Damit der Herr Göd diese Leute findet?"

„Ja …"

„Und wenn der Herr Göd diese Leute gefunden hat – muss ich dann aufs Amt … und das alles erzählen?"

„Nur wenn du willst."

„Dann soll der Herr Göd fragen, was Er will. Ich werd' Ihm alles sagen."

Strasser braucht gar nicht viel zu fragen, denn Annamirl erzählt ganz von selbst. Wie sie in die Welt des Theaters eingeführt worden ist, eines Theaters allerdings, wo Realismus großgeschrieben wird. Weil sie aber schon einiges über die körperliche Liebe gewusst hat, haben ihr die Lebenden Bilder nicht gerade Neues geboten.

Was sie überrascht hat, war, dass man diese Dinge nicht im Geheimen getrieben, sondern einem durchwegs maskierten, aber sichtlich vornehmen Publikum vorgeführt hat, dass dazu eine Musik gespielt hat und dass die Akteure schön wenn auch spärlich bekleidet und herrlich geschminkt waren. Auch sie hat ein griechisches Gewand bekommen, in dem sie sich zuerst geniert hat, weil so viel von ihr zu sehen war. Aber das hat sich gelegt, als man ihr versichert hat, dass das eben das Griechische an dem Gewand wäre und dass ein so ein schönes Kind wie sie gar nicht zu wenig anhaben könne.

Und am Anfang ist es ja wirklich schön gewesen, und die Annamirl hat gestaunt, wie viele Dinge auf der Bühne genau so sind wie im wirklichen Leben. Eigentlich schöner, und sie hat eh nur zuschauen brauchen. Und im Gegensatz zum wirklichen Leben, wo Liebende in Hauskellern oder auf der Bastei sie oft mit einem rüden „Schleich' di!" von ihrem Beilager verjagt haben, hat sie kleine Handreichungen und ähnliches vollführen dürfen, die von allen mit Dankbarkeit und Beifall aufgenommen worden sind, besonders von den Darstellern, alles junge Mädchen und Burschen aus dem Volk, die mit großer Freude bei der Sache waren.

Leider ist es nicht dabei geblieben. An einem gewissen Abend sollte sie „Justine" heißen und die Hauptrolle spielen. Man hat ihr erklärt, was von ihr erwartet wird, aber wie es dann so weit war, ist es ihr zu viel gewesen, trotz gutem Zureden hat sie gebockt und die ganzen Lebenden Bilder dieses Abends geschmissen. Da ist es im Nu aus gewesen mit der Freundlichkeit, und der Spielleiter hat unter großem Beifall zu ihrer Bestrafung aufgerufen.

„Was für eine Bestrafung?", fragt Kathi und legt ihr noch ein Stück Gugelhupf auf den Teller.

Annamirl schlägt die Hände vors Gesicht, und ihre Schultern zucken. Strasser will etwas sagen, aber Kathi bedeutet ihm, den Mund zu halten.

Annamirl beginnt zu sprechen, stoßweise, oft kaum verständlich und immer wieder unterbrochen von Schluchzen.

„Zuerst haben's mich ganz nackt ausgezogen. Und dann hat einer – nein, ich kann's nicht erzählen!"

„Warum denn nicht?"

„Weil's auf der Bühne war."

„Vor uns brauchst du dich nicht zu genieren," sagt Kathi, „und wenn es noch so arg war."

Dann stutzt sie. „Annamirl – ich hab' gemeint, du weinst, aber mir scheint, du lachst ja zwischendurch!"

Und jetzt merkt es auch Strasser: Annamirl wird vom Weinen und vom Lachen zugleich geschüttelt. Danach ringt sie eine ganze Weile nach Atem

„Weil … der Brutus hat mich übers Knie gelegt und mir den Orsch ausgehaut."

„Was hast du gesagt?" Strasser hat fast geschrien.

„Entschuldigung – mir den Hinteren ausgehauen", sagt Annamirl kleinlaut.

„Nein – das andere!"

„Brutus?"

„Ja. Hat der so geheißen?"

„So haben alle zu ihm gesagt."

„Und das war alles?" Strasser, der auf die schlimmsten Perversitäten gefasst gewesen ist, ist fast ein wenig enttäuscht.

„No, aber das Madl war ja pudelnackt dabei!" erinnert ihn Kathi.

„Jaja ..." In Strassers Hirn summt es wie in einem Bienenstock. Die Bestrafung interessiert ihn nicht mehr, dann schon eher der Vollstrecker. Zum zweiten Mal schon taucht der Name Brutus auf. Und wieder bei den Emigranten. Wie wahrscheinlich ist es, dass zwei verschiedene Personen diesen Spitznamen führen?

„Aber was gibt es denn da zum Lachen, Annamirl?", fragt Kathi inzwischen, „gar so lustig war das auch wieder nicht."

Annamirl wischt sich die Augen. „Nein, es ist nur, weil ich mir meine erste Hauptrolle anders vorgestellt hab."

Und nach einer Weile, fast trotzig: „Aber alle haben applaudiert!"

CR&SO

In den nächsten Tagen kommt Annamirl noch öfters zu den Strassers. Sie ist jetzt ganz unbefangen und natürlich, fast wie früher. Ein paar Sachen sind ihr noch eingefallen. So zum Beispiel, dass sie während ihrer Exekution bemerkt hat, dass der Arm des Brutus, mit dem er sie festgehalten hat, tätowiert war. Das Motiv hat sie nicht erkennen können. Und dass es in der Villa einmal stark nach Essig gerochen hat.

„Wie – im Haus?", wundert sich Strasser.

„Nein, draußen. Der Wind hat es her geweht ... Ich weiß es noch, weil es am ersten Abend war. Vielleicht kann der Herr Göd damit was anfangen."

Durchaus möglich, hat sich Strasser gedacht. Danach hat er sich den Stadtplan hergenommen und einen weichen Blei. Von den Zwillingen hat er sich ein Lineal und einen Zirkel ausgeborgt. Aus dem Adressbuch weiß er bereits, dass in Ottakring die Essigerzeugung der Herren Hutchinson & Comp. gelegen ist, und dem Wienerischen Diarium hat er entnommen, dass am 1. Juni – da war der erste Auftritt von Annamirl bei den Lebenden Bildern – ein schwacher Südostwind gegangen ist. Also zeichnet Strasser, ausgehend vom Standort der Mssrs. Hutchinson & Comp. einen breiter werdenden Streifen in nordwestlicher Richtung. Dann einen Kreis von etwa 200 Klaftern Durchmesser um den Hernalser Kirchenplatz, wo am gleichen Abend Kirtag war.

Er klatscht vor Begeisterung in die Hände und lässt sich zu einem Jodler hinreißen.

„Was ist denn, Mann?", fragt Kathi, die zu diesem Ausbruch hinzukommt.

„Jetzt hab' ich's! Jetzt brauch' ich nur mehr die Eule."

„Und ich hätt' geglaubt, du hast schon jetzt einen Vogel."

„Ich hab' keinen Vogel, ich such' einen."

„Und warum?"

Worauf ihr Strasser erklärt, dass er jetzt ein Kreissegment hat, in dem man am ersten Juni 1809 nach menschlichem Ermessen sowohl die Hutchinson-Fabrik riechen als auch die Musik vom Kirtag hören hat können.

„Jetzt kann ich den Tatort ermitteln und dann hab' ich die Schweindln!", schließt er triumphierend.

Kathi ist skeptisch. „Meinst du, das ist eine gute Idee? Weil ein Gerichtsverfahren wär' das ärgste, jetzt, wo sich das Madl ein bisserl erfangen hat ... Die hat doch keine Ahnung von so einem Prozess ... mit den Herrn Richtern und Advokaten und was weiß ich. Und wenn die die Marini sehn, in ihrer ganzen Blödheit, dann nehmen sie ihr das Kind weg und stecken es in ein Kloster oder sowas ..."

„Auch wieder wahr ..."

Strasser muss sich eingestehen, dass er der Lösung des Falles näher ist denn je und trotzdem nicht weiß, was er tun soll.

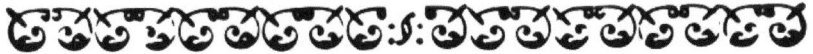

ACHTUNDZWANZIG

In diesem Herbst ist Strasser zum Spaziergänger geworden. Seine freien Stunden verbringt er mit Wanderungen durch die Vororte am Wienerwald und ganz besonders in dem Kreissegment, das er ermittelt hat. Das liegt weit entfernt von der Wieden und von der Spänglergasse, weshalb er den Stellwagen bis zur Linie nehmen muss und dann oft noch einen Zeiserlwagen. Manchmal nimmt er die Familie mit, doch meistens ist er allein, begleitet höchstens von Fido. Dann trägt er auch einen Zeichenblock mit sich, wie ein Amateurmaler.

Es sind gar nicht so viele Häuser, die da in Frage kommen. Denn es muss eines sein, das keine unmittelbaren Nachbarn hat, sodass gewisse Zusammenkünfte nicht auffallen, und es muss den Beschreibungen von Rusalka und Annamirl entsprechen. So wandert er durch die Felder und Weingärten, von einer Villa zur anderen, je abgelegener desto besser.

Und dann, eines Abends, steht er davor. Es ist der vierzehnte Oktober.

Er hat schon heimgehen wollen, als er in der Ferne mitten in den Weingärten dieses kaisergelbe Landhaus gesehen hat. Es weist zwar durchaus die Kriterien auf, die er sucht – so etwa hat es keine Nachbarn –, doch aus irgendeinem Grund hat Strasser sich vorgestellt, dass das

Haus, wenn er es endlich findet, menschenleer und verlassen sein wird. Tatsächlich aber herrscht dort reges Treiben. Die Fenster im Erdgeschoß sind beleuchtet, Menschen gehen ein und aus, und Wagen fahren vor. So geht er die schmale Straße hinauf, zu einem Gartentor mit zwei gekrönten Löwen.

Über dem Portal ist eine Nische, und in diese Nische hat jemand eine steinerne Eule gesetzt. Sie gehört nicht dorthin, sie passt nicht zur Architektur und ist vor allem nicht kaisergelb. Der Vogel dient also nicht der Dekoration, sondern ist aus einem anderen Grund dorthin gestellt worden.

Wie auch immer, es ist ohne Zweifel das Haus, das Rusalka und Annamirl beschrieben haben. Ihm ist, als ob es die ganze Zeit auf ihn gewartet hat und ihn jetzt empfangen will. Strasser steht so tief in Gedanken versunken, dass er nicht bemerkt, was um ihn herum vorgeht. Jemand stößt Strasser an:

„Da, steh' nicht umeinander, greif' auch zu!"

Jetzt sieht er, dass Lakaien und andere Domestiken Sessel und Fauteuils aus den Wagen holen und ins Haus tragen.

Er bekommt einen Polstersessel in die Hände gedrückt, und schneller, als er es erhofft hätte, ist er im Haus, im Antichambre und dann in einem mäßig großen Gartensaal. Etwa ein Drittel des Raumes ist durch einen behelfsmäßigen Vorhang abgedeckt. Dahinter ist eine kleine Estrade zu sehen.

Die Bedienten stellen die Sessel in kleinen Gruppen zusammen, immer zum Vorhang hin ausgerichtet. Sie arbeiten rasch, so als ob sie den Ablauf schon öfter geübt haben. Ein älterer Lakai in Livree und weißen Kniestrümpfen scheint die Oberaufsicht zu haben. Wiederholt sieht er Strasser argwöhnisch an und denkt sichtlich nach, ob er ihn schon einmal gesehen hat oder nicht, aber jedes Mal erregt etwas anderes seine Aufmerksamkeit, und er wird abgelenkt.

Strasser macht sich gesenkten Hauptes und mit großem Eifer an den Fauteuils zu schaffen und rückt sie hin und her, auf dass der Lakai hoffentlich seine Bedenken vergisst und ihn vor allem nicht allzu oft sieht. Er kann sein Glück nicht fassen: Nicht nur, dass er das Eulenhaus gefunden hat – es gibt auch eine Veranstaltung, und er ist dabei. Über sein weiteres Vorgehen allerdings hat er nach wie vor sehr unklare Vorstellungen. Er weiß ja nicht einmal, was auf dem Programm steht. Sicher besteht das Publikum aus Emigranten und ihrem Anhang, aber auch die haben nicht nur die Unzucht im Kopf, und wenn er Pech hat, gibt es heute Kammermusik oder eine Dichterlesung, oder ein Emissär der königlichen Prinzen überbringt die Segenswünsche Ludwigs des Achtzehnten und erzählt von seinem Podagra.

Doch eine Kammermusik oder Dichterlesung wird es wohl nicht, denn die Gäste, die jetzt nach und nach eintreffen, sind nicht nur gut gekleidet, sondern auch großenteils maskiert.

Es ist wie auf der Redoute: Man redet einander trotz der Masken mit Namen und Titel an, und es gibt eine angeregte Konversation auf Französisch und Deutsch. Die Masken sollen also wohl vor den Blicken der Lakaien und der Darsteller schützen; die Gäste dagegen kennen einander mit und ohne Maske.

Die Türen zum Saal werden geschlossen.

Die Bedienten, zu denen auch ein paar Stubenmädchen hinzugekommen sind, stehen im Antichambre herum. Aus dem Theatersaal hört man ein Andante, gespielt von Bassgeige, Bratsche und Violine.

„Gehen wir schon rauf?", fragt einer. Doch der ältere Lakai hält die Hand hoch: „Noch nicht."

Er scheint zu lauschen. Nach einigen Minuten sagt er: „Jetzt – aber die Schuh ausziehen!"

Alle entledigen sich der Schuhe, auch die Mädchen. Strasser tut es ihnen gleich, obwohl er noch nicht begreift, was das soll. Das wird ihm aber bald klar, als die ganze Dienerschaft auf Strümpfen und bloßen Füßen die Treppe in den Stock hinaufschleicht. Einer öffnet vorsichtig eine Tür, und dann sind sie auf der Galerie, wo sie den besten Blick auf die Bühne haben, vom Parterre aus aber nicht gesehen werden können.

Unten, vor dem Vorhang, steht ein Mann in Galafrack und Dreispitz, auch er mit einer Halbmaske vor dem Gesicht. Mit klangvoller Stimme hält er eine Rede auf Französisch. Sie muss witzig sein, denn im Publikum wird gelacht, und auch einige sprachkundige

Lakaien auf der Galerie unterdrücken nur mühsam ihre Heiterkeit.

Noch während dieser Conference wird der Vorhang beiseite gezogen. Der maskierte Zeremonienmeister macht eine Reverenz und tritt ab.

Strasser traut seinen Augen nicht. Denn das gesamte Bühnenbild besteht aus einer Chaiselongue, und darauf liegt ein zugegebenermaßen sehr schöner und sehr wohlgebauter Mann. Der Mann ist splitternackt bis auf einen vergoldeten Lorbeerkranz; er bemüht sich, sein Membrum, das ohnehin schon strammsteht wie die Burgwache, mit den Händen noch weiter aufzurichten. Aus dem Publikum kommt anerkennender Applaus.

Strasser beugt sich etwas vor und mustert das Auditorium: Von hier oben sieht er etwa zwanzig Titusköpfe, Dreispitze, englische Hüte, einige gepuderte Perücken nach alter Art und etwa die gleiche Anzahl Damenfrisuren und Damenhüte, was Strasser überrascht und etwas verstört. Dass es so viele Weibsbilder gibt, die an sowas Gefallen finden …!

Auf der Galerie ist das weibliche Geschlecht in der Minderzahl, und einige Mädchen, die offenbar unter falschen Vorspiegelungen angelockt worden sind, haben sich gleich zu Beginn mit geröteten Wangen und niedergeschlagenen Augen entfernt. Wer jetzt noch da ist, weiß, was ihn erwartet, und freut sich darauf.

In einer Ecke der Bühne steht ein Paravent, hinter dem die Musiker sitzen. Die Musik ist in ein leichtes

Allegretto übergegangen; auch ist jetzt eine Flöte hinzugekommen. Eine Aktrice betritt die Bühne, ein junges hübsches Mädchen in einem sehr leichten und kurzen Chiton, das auf einer Hirtenflöte zu spielen vorgibt. Sie nimmt die Flöte vom Mund, um den athletischen Mann zärtlich zu küssen; mit Gesten deutet sie ihm an, dass er sich doch nicht eigenhändig plagen müsse – jetzt, wo sie da ist! Dann schwingt sie sehr gewandt ein Bein über den Liegenden und lässt sich auf ihm nieder, den Blick dem Publikum zugewendet, und beginnt ein sanftes Auf und Ab. Dabei verrutscht ihr griechisches Gewand, und es wird offenbar, dass es kein Mädchen, sondern ein Knabe ist, ein sehr zart gebauter Knabe mit weiblichen Formen und glatter Haut, aber eindeutig männlich – und dass er an seiner Tätigkeit zunehmend Lust empfindet, ohne die Hände zu Hilfe zu nehmen. Auch das verdient Applaus.

Der Knabe setzt wieder die Flöte an den Mund, und das vorige Flötenthema beginnt von neuem.

„Ist der Brutus da?", flüstert Strasser seinen Nachbarn zu. Aber die sind wie gebannt und hören ihn gar nicht. Nur einer wirft ihm einen flüchtigen Blick zu und zuckt die Achseln.

Auf der Bühne reitet der Ephebe den Athleten immer begeisterter, dabei aber immer noch das Flötenspiel mimend, das jetzt mit kunstvollen Gicksern andeutet, dass der Spieler sich der Ekstase nähert. Sein Partner stöhnt ungehemmt.

Doch jetzt kommt ein retardierendes Element hinzu: Drei Mädchen treten auf, die nicht viel mehr anhaben als der Jüngling und der Athlet. Bei ihnen gibt es keinen Zweifel an ihrem Geschlecht, ganz besonders nicht bei der in der Mitte, die jetzt schüchtern auf die Chaiselongue zugeht. Wieder rauscht Beifall auf, aber leise, fast zärtlich. Alle sind wie verzaubert.

„Die Rusalka ...", wird rundum geflüstert.

Strasser kann sehen, was er sich am Spittelberg hat entgehen lassen. Rusalka ist von klassischer Schönheit. Ihm ist, als ob von ihrem Körper ein Schimmer ausgeht, der den ganzen Saal vergoldet. Scheu blickt sie über die Schulter ins Publikum und dann auf die Szene vor ihr. Mit gerungenen Händen deutet sie an, wie entsetzt sie über die Unsittlichkeit ist, die sie da sehen muss; doch das gibt sich bald. Mit ausgebreiteten Armen drückt sie aus: Oh du Ärmster, wie musst du leiden, musst Flöte spielen und hast keine Hand frei für dich! Ihre beiden Gefährtinnen zeigen durch Gesten an, dass sie ihr Mitgefühl teilen. Rusalka deutet auf sich selbst: Warte, mein Knabe, ich will dir helfen.

Und Rusalka geht neben der Chaiselongue anmutig auf die Knie und beugt sich mit einem Kussmund über das Gemächt des Jünglings, wobei ihr Umhang wie zufällig zu Boden gleitet. Wieder blickt sie ins Publikum: Soll ich es tun? Ist es nicht allzu frivol? fragt ihr Blick. Anfeuernde Zurufe antworten ihr – Allez! und Vas-y! und ein vereinzeltes Hoppauf!

Rusalka beginnt ihr Werk, erst zögernd, dann mit zunehmendem Elan. Die Flötenmelodie wird zu einem Stöhnen.

Strasser hat mittlerweile genug und räumt seinen Platz, den sofort ein anderer einnimmt. Als er die Treppe hinabsteigt, sieht er unten im verlassenen Antichambre einen jungen Diener auf einer Truhe sitzen, das Gesicht in den Händen vergraben. Zwischen den Fingern steht sein Haar weg wie Kupferdraht.

„Warum bist du nicht oben – gefällt dir das Spektakel nicht?", fragt Strasser.

„Ach, Bruder, ich bin der unglücklichste aller Menschen!", kommt es mit starkem böhmischem Akzent hinter den Händen hervor.

Strasser hat diesen Satz bisher nur von der Bühne oder aus Romanen gekannt. Aber dass Leute das im wirklichen Leben sagen, noch dazu böhmakelnd – und dass er von einem Domestiken Bruder genannt wird! Doch er setzt sich, holt sich seine Stiefel her und fragt freundlich:

„Warum, was hast du?"

„Ich liebe die Rusalka ..."

„Und sie liebt dich nicht?"

„Manchmal sagt ja, dann wieder lacht über mich. Aber ich liebe sie, und ich kann ihr nicht zusehen ... dabei. Und wenn sie nachher der Brutus zu sich holt, das ertrag' ich nicht ..."

„Warum macht sie mit?"

„No, hat doch ihr kleines Kind daheim, in Jasenovice, das muss sie erhalten. Und sie spart auf Aussteuer. Anständiges Mädchen muss Aussteuer haben, sagt sie. Dabei tät' ich sie auch so nehmen. Wenn sie nur diesen Beruf aufgibt!"

Die Flötenmelodie endet mit einem langgezogenen Spitzenton – offenbar hat Rusalka ihr Ziel erreicht. Wieder ertönt Beifall. Der junge Mann hebt den Kopf und wirft einen Blick wie ein abgestochenes Kalb auf die Tür zum Theatersaal. Jetzt erkennt ihn Strasser: Es ist der Polizeidiener Smejkal.

Strasser zieht einen Stiefel an und überlegt. Dann sagt er: „Du musst ihr halt zeigen, dass du ein Kerl bist, du bist ja nur nebenbei Lakai. In der Hauptsache bist du Polizeidiener."

Der junge Mann schaut auf. „Woher weißt du – oh, Herr Kommissär. Was machen Exzellenz hier?"

„Es handelt sich um eine geheime Staatssache. Geheim – hat Er gehört? Den Kommissär lassen wir hier weg."

„Wie Euer Gnaden befehlen. Aber ich bin nimmer Polizeidiener, sondern Lakai. Nach der Sache in Schönbrunn haben sie mich rausgeschmissen, weil ich herich Insubordination gemacht hab. Wo ich mich doch so fürs Polizeiliche interessier!"

„War mir nicht bekannt; ich bedaure es. – Jan Smejkal, hör' Er mir zu: Er ist der geborene Polizeidiener, und ich werde für seine Wiedereinstellung sorgen, wenn Er erstens mit dem Erfinden aufhört und zweitens meinen dienstlichen Befehl befolgt, der da lautet, dass Er der Rusalka sagt, dass Er sie haben will – vor aller Welt. Reiß'

Er sie von diesem schändlichen Schauspiel weg und sag'
Er es ihr!"

Das ist ein neuer Gedanke für den glücklosen
Liebhaber. „Ja, das sollt' ich machen," sagt er, „Aber ich
bin halt bei ihr kein Draufgänger. Weil, wenn sie lacht,
oder wenn ich dafür Prügel krieg' ... was dann?"

„Wie es ausgeht, das kann Er nicht wissen. Es ist halt ein
Wagnis dabei."

„Ja, das glaub' ich auch!"

Und Smejkal atmet tief ein, steht auf und geht, um sich
sein Mädchen zu holen. Die Sache ist also im Laufen, und
der Grundstein für einen handfesten Eklat ist gelegt.
Strasser seufzt befriedigt.

„Und vorher", sagt er, „wird Er mir den Brutus zeigen."

Smejkal öffnet die Tür zum Saal einen Spalt breit und
winkt Strasser zu sich, als eine Bassstimme ertönt:

„He, du da! Ja, du ... Bleib' stehen, wo du bist!"

Der ältere Lakai, der Strasser schon zuvor so
argwöhnisch gemustert hat, ist unbemerkt die Treppe
heruntergekommen. Er ist nicht allein, zwei kräftige
Livrierte flankieren ihn, und er hält ein Blatt Papier in
Händen, zweifellos eine Namensliste, ist also für den
klaglosen Ablauf dieser Veranstaltung verantwortlich.

„Wer – ich?", fragt Strasser, um Zeit zu gewinnen,
und schaut sich um, ob jemand anderer gemeint sein
könnte. Aber Smejkal ist schon im Theatersaal
verschwunden.

„Wer ist deine Herrschaft? Los, sag' schon!"

„Der Graf von …", stammelt Strasser. Dann fällt ihm ein, dass die Maskierten hier wohl alle mit Decknamen versehen sind, vermutlich solchen aus der antiken Geschichte oder Mythologie, wie es derzeit modern ist.

„Phöbus nennt er sich."

Der Lakai blickt in sein Papier und wendet sich dann an die beiden Garden. „Kennt einer von euch einen Phöbus? Ist so einer da heut Abend?"

Die beiden zucken die Achseln. Im Saal gibt es wieder heftigen Applaus. Das Schauspiel ist zu Ende, vielleicht ist auch nur Pause. Strasser hat erst einen seiner Stiefel an den Füßen; den anderen hält er in der Hand.

Der Lakai wird jetzt barsch: „Komm' jetzt, führ' uns zu deinem Phöbus, wir wollen ihn sehen!"

Strasser rührt sich nicht vom Fleck.

„Na was ist!? Hast dich eingeschlichen? Wer bist denn du eigentlich?"

Langsam merkt Strasser, in was ihn sein kriminalistischer Jagdtrieb hineingeritten hat. Soll er sich als Polizeibeamter deklarieren und die ganze Gesellschaft für verhaftet erklären? Das wird er wohl nicht überleben. Andererseits ist sein Leben ohnehin nicht mehr viel wert, sobald offenbar wird, dass er allein und unbewaffnet ist.

Der Lakai scheint in ähnlicher Richtung zu denken. „Na, das werden wir schon rauskriegen", knurrt er, „und wenn nicht, ist es auch egal …"

Der Applaus im Saal wird plötzlich zum Tumult. Die Tür fliegt auf, und ein Domestik stürzt ins Antichambre.

„Kommen der Herr – der Smejkal macht einen Wirbel! Wegen der Rusalka."

Strasser sieht vorne bei der Bühne eine Gruppe von teils livrierten, teils hemdärmeligen Gestalten in heftiger Bewegung, in deren Mittelpunkt der kühne Liebhaber steht oder vielmehr liegt und gesalzen wird wie ein Tanzbär. Smejkal hat also Pech gehabt mit seiner Liebeserklärung. Das Publikum ist in Erregung; einige sind schon aufgesprungen und machen Anstalten, den Saal zu verlassen. Mäntel und Hüte werden gebracht und in aller Eile angezogen.

Jetzt ist Smejkal auf die Beine gekommen, er schafft sich mit ein paar Faustschlägen Raum und stürzt in zerfetztem Gewand und mit blutverschmiertem Gesicht dem Ausgang zu, verfolgt von den Livrierten wie der Hirsch von der Meute. Die wilde Jagd geht mitten durch das Publikum, und im Nu ist Strasser von seinen Bewachern getrennt. Bevor die drei Lakaien ihn packen können, hat Strasser seinen Stiefel fallen gelassen und ist durch die Tür hinaus in den Garten, inmitten der Gäste, die bereits ihren Equipagen zustreben. Schmerzhaft erinnert ihn der Gartenkies daran, dass er nur einen Stiefel anhat, aber jetzt kann er nicht stehenbleiben. So rasch es geht, windet er sich durch das Gewühl, hinunter zur Straße.

Vor dem Tor mit den Löwen herrscht das Chaos. Die Zuschauer machen sich begründete Sorgen, dass vielleicht die Wache eintrifft und die Anwesenden mit Namen und Nationale etc. registriert, und wollen raschestens abfahren. Doch so wie ihre Herrschaften haben auch die Kutscher mit einer längeren Dauer der Soirée gerechnet und sich teils schlafen gelegt, teils angesoffen. Jetzt müssen sie in aller Eile den Pferden Futtersäcke abnehmen, Seitenlaternen entzünden und, wenn sie fahrbereit sind, sich erst einmal über die Vorfahrt einigen. Selten gehörte Schimpfworte schallen hin und zurück.

Auf Strasser achtet keiner mehr. Er dreht sich um. Einige Lakaien stehen unter dem Portikus mit dem Vogel und halten Ausschau nach Smejkal, der sie mehr interessiert als Strasser, aber wie vom Erdboden verschwunden ist.

Noch ist keine der Kaleschen losgefahren, und doch hört Strasser plötzlich das Knirschen hölzerner Räder auf Kies und Schotter. Und dann, im Licht der Wagenlaternen, sieht er Smejkal – auf seiner polizeilichen Laufmaschine, die Beine weggestreckt, fegt er die Straße hinunter, dass links und rechts die Steine wegspritzen, und verschwindet hinter der nächsten Biegung.

Strasser kann nicht denselben Weg nehmen, da hätte man ihn bald eingeholt. Er muss querfeldein hetzen wie ein Feldhase, über Hecken und Zäune in fast völliger Dunkelheit. Erst als er völlig außer Atem ist, fühlt er sich halbwegs sicher. Seine Kleidung hat unterwegs stark gelitten, aber wenigstens folgt ihm niemand. Zwischen den Weinstöcken verschnauft er. Sein Fuß, den er auf der ganzen Flucht nicht gespürt hat, beginnt jetzt höllisch zu schmerzen.

Gratulation, denkt er, wiederum ein Fiasko. Den Brutus hat er nicht erwischt, aber dafür kennen jetzt ziemlich viele Lakaien sein Gesicht, und auch einige Maskierte haben ihn eingehend betrachtet, darunter vielleicht auch der ominöse Brutus. Wenn es so ist, dann weiß der jetzt Bescheid, und die Auffindung des Eulenhauses war, bei rechtem Licht betrachtet, kein Triumpf, sondern mehr ein Griff in den Arsch.

Wie lange Strasser unter solchen Gedanken in seinem Weingarten gehockt ist, könnte er nicht sagen, aber es müssen Stunden gewesen sein. Erst lange, nachdem der Tumult beim Haus aufgehört hat und keine Bedienten mehr herumrennen, wagt er den Abmarsch. Es ist stockfinster, doch Strasser erinnert sich, dass der Weg zum Haus bergauf geführt hat; er muss also bergab, wenn er bewohnte Gegenden erreichen will. Tatsächlich sind weiter unten einige Lichter zu sehen. Als Strasser nach mehreren Stürzen und anderem Ungemach dort angelangt ist, stellt sich der Ort als der „Hanslwirt" heraus, ein beliebtes Heurigenlokal. Gerade ist ein Zeiserlwagen mit einer Gesellschaft eingetroffen; die kühle Herbstnacht und die Fahrt unter freiem Himmel haben der Stimmung nichts anhaben können, und die Damen werden unter großem Hallo von den Herren vom Fahrzeug herabgehoben.

Eine Dame von starkem Umfang bemerkt Strasser.

„Jö, der Herr kommt von ein' Ausflug. Haben S' im Finstern den Weg verloren, was? Gehen S', feiern S' mit uns!"

Strasser wehrt verlegen ab, hat er doch nur einen Stiefel an; dieser allerdings und sein bloßer Fuß sind mittlerweile so gleichmäßig verdreckt, dass man den Toilettenfehler kaum bemerkt.

„Aber grad heut gäb' es ein' Grund zum Feiern!", insistiert die starke Dame.

„Wissen der Herr noch gar nicht, was heut los war?", fragt einer ihrer Begleiter. Strasser schüttelt den Kopf.

„In Schönbrunn haben sie sich zusammengeredet und Frieden gemacht, der Liechtenstein und der Champagny. Schauen S' da drüben – das schöne Feuerwerk!"

Jetzt hört Strasser auch Kanonenschläge in regelmäßigen Intervallen – hundert sind es, wird er später erfahren.

„Endlich sind wir das Gesindel los, was uns alles weggefressen hat!", jauchzt die voluminöse Dame.

„Aber ein Scheißfrieden ist es – der Kaiser verliert das halbe Reich, und Tirol kommt an die Baiern!", klagt ein Patriot.

„Ist doch egal. Hauptsach', der Krieg ist aus. Prost!"

Strasser trinkt höflichkeitshalber mit ihnen ein Seidel und kann sich danach der ausbrechenden Gemütlichkeit entziehen, indem er den Zeiserlwagen besteigt, der jetzt umkehrt und zur Linie zurückfährt. Lange nach Mitternacht kommt er zuhause an. Kathi vermerkt, dass ihr Ehemann nur einen Stiefel hat und denselben gleich am Gang stehen lässt, dass einer seiner Strümpfe völlig zerfetzt ist und dass er mehrere Lavoir Wasser braucht, bis er halbwegs sauber ist und todmüde ins Bett sinkt. Fragen stellt sie nicht; er wird ihr schon irgendwann erzählen, was es gegeben hat.

ᚲᚲᛞᛞ

Morawetz bestätigt, was Strasser schon vermutet hat.

Strasser hat ihn bei der Arbeit stören müssen. Morawetz ist an seinem Schreibtisch dermaßen von Bücherstapeln umgeben, dass er kaum zu sehen ist. Da gibt es Lexika und esoterische Werke, aber auch Spitzelberichte aus dem In- und Ausland über gegenwärtige und vergangene Geheimgesellschaften, ob sie nun real existieren wie die Freimaurer und Rosenkreuzer oder vielleicht nur Phantasiegebilde sind wie die Illuminaten, aber auch Abhandlungen über die Sufis und Derwische der Muslime, die Assassinen und die Orden der Christenheit, wobei die Jesuiten obenan stehen. Nicht zuletzt über die Contramasoni, die in letzter Zeit von der katholischen Kirche gegen die Freimaurer ins Feld geschickt worden sind.

Gerade hat er auf einem großen Zeichenblatt eine Art Malteserkreuz skizziert.

Er blickt von der Arbeit auf.

„Was kann ich für dich tun, Kollege Strasser?"

„Die Eule – wofür steht die?", fragt Strasser.

„Na, für die Weisheit und so weiter. Hast du einen Fall mit einer Eule, verehrter Kollege?"

„Ja, mit einem Vogel, der einer Eule ähnlich schaut. Nur ein bisserl kleiner vielleicht."

„Da kann ich dir nicht helfen, Strasser. Ist kein bekanntes Symbol. Ja, wenn es ein Käuzchen wär'...!

„Dann ist es ein Käuzchen. Was ist damit?"

„Der Vogel heißt in manchen Gegenden von Frankreich chouan. Und danach heißen auch die Chouans. Weil seinerzeit ihr Anführer ..."

Aber da ist Strasser schon mit einer hastigen Dankesbezeugung bei der Tür draußen.

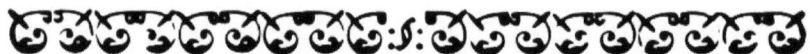

NEUNUNDZWANZIG

Napoleon hat Österreich besiegt und zu einem nachteiligen Frieden gezwungen. Und doch sind die Sieger schon viel zu lange in Wien; die Politik wie auch die militärische Situation erfordern rasches Handeln, und wie lange noch Ruhe und Ordnung in Wien aufrechterhalten werden können, weiß niemand.

Vor ihrem Abzug wollen sie noch die wichtigsten Basteien Wiens in die Luft jagen – eine Trotzhandlung wie bei einem Randalierer, der aus dem Wirtshaus geworfen wird und im Abgehen noch schnell ein paar Gläser zusammenschlägt, damit man ihn nicht so schnell vergisst. Zwar haben alle Kaiser seit Maria Theresia schon an die Schleifung der Basteien gedacht, wenngleich mehr aus Gründen der Stadterweiterung, denn der Staub und Gestank in der Innenstadt ist oft nicht zum Aushalten. Aber von den Franzosen braucht man das nicht, und so ist eine Abordnung des Stadtrats bei Napoleon vorstellig geworden und hat ersucht, von dieser Repressalie abzusehen. Der Kaiser hat die Herren abblitzen lassen.

Beim Schottentor haben die Franzosen mit dem Sprengen begonnen. Morgen, am 15. Oktober, ist die Burgbastei samt Ravelin und einem Teil der Hauptmauer an der Reihe. Noch am selben Tag wird Napoleon abreisen; die Armee wird in den nächsten Tagen folgen. Da somit die Arbeit des Unterkomitees beendet ist, will Strasser den Capitaine Leloup endlich seiner Familie vorstellen. Bisher hat er solche Kontakte vermieden, denn wenn man schon mit dem Feind zusammenarbeiten muss, braucht man nicht gleich zu fraternisieren. Das jedenfalls ist die allgemeine Ansicht in der Spänglergasse gewesen. Keiner vom Gemeinsamen Polizeikomitee hat mit seinem französischen Gegenüber private Kontakte gehabt.

So hat er Leloup auch nicht in seine Wohnung eingeladen, sondern ein Treffen im Corti'schen Kaffeehaus auf eben jener Burgbastei vereinbart, die tags darauf schon in Trümmern liegen wird. Strasser kommt vom Amt, die Familie von daheim, verstärkt durch Fido und Annamirl. Er hofft, dass sie noch einen Tisch ergattern können, denn in diesen Tagen gibt es ein großes Abschiednehmen, und es zeigt sich, wie viele Wienerinnen zu Franzosen, Sachsen, Württembergern etc. über alle Grenzen hinweg zärtliche Gefühle entwickelt haben. Und dazu noch zu Angehörigen einiger neugegründeter Republiken, Marionetten Frankreichs, die bald wieder vergessen sein werden.

Und wieviel Hass sich aufgestaut hat.

Es ist kühl, wie am Abend davor. Das kalte Wetter und die vortägliche Hetzjagd durch die Weingärten haben Strassers Fuß nicht gutgetan; er geht heute am Stock. Man wird nicht lang bleiben können, denkt er. Das Kaffeehaus ist eigentlich eine sogenannte Limonadihütten, die den Namen Sommer-Kaffeehaus voll und ganz verdient, denn für den Herbst ist sie kaum geeignet. Der Cafetier Corti plant, ein stabiles Holzgebäude zu errichten, aber so weit ist es noch nicht.

Der Platz vor dem Lokal heißt die „Ochsenmühle", weil es dort so eng ist, dass man immer nur im Kreis spazieren kann. Leloup steht inmitten einer Gruppe von Besatzern; als er Strasser und die Kinder sieht, kommt er herüber und salutiert. Er trägt die Uniform der Elite-Gendarmerie. In den Hosen aus hellem Rehleder und dem blau-roten Waffenrock, mit dem er aus der Masse der Blau-Weißen hervorsticht, ist er geradezu das Urbild martialischer Schönheit, auch wenn er heute den Zweispitz trägt und nicht die Mütze aus Bärenfell. Kathi küsst er die Hand. Annamirl macht ihm einen Knicks, die Buben vollführen einen „Diener" fast bis zum Boden.

„Ihre Kinder?", fragt Leloup, zu Strasser gewendet.

„Die Buben sind meine Stiefkinder, und das Mädchen ist ihre Freundin und im nächsten Jahr mein Patenkind."

„Ich bin sehr froh, dass Sie diesen Treffpunkt vorgeschlagen haben, denn morgen wird es hier ganz anders aussehen, und ich habe mich hier immer sehr wohlgefühlt." sagt Leloup, „Traurig, aber wir wollen das Beste daraus machen. Erlauben Sie, dass ich einlade."

Leloups Uniform tut ihre Wirkung. Im Handumdrehen ist ein Tisch geräumt, die Gäste werden einfach in den Garten expediert. Leloup bestellt ein paar Teller mit Aufgeschnittenem. Die Kinder bekommen Mandelmilch und Schokoladi, dazu eine Zuckerbrezen, Kathi nimmt einen Gspritzten, danach einen Rosoglio, die Herren Punsch. Fido muss unter den Tisch, wo er sich mit den Essensresten tröstet. Leloup unterhält die ganze

Gesellschaft mit Anekdoten aus der Armee und der Zivilverwaltung, auch wenn er selber darin nicht gut wegkommt, und erzählt von seinen Begegnungen mit Kaiser Napoleon. Die Buben haben eine anfängliche Schüchternheit rasch überwunden und wollen wissen, ob dies und jenes, was man sich von Bernadotte, Augereau und den anderen Heroen so erzählt, auch wirklich wahr ist. Schließlich sind sie so unbefangen, dass sie Leloup eine Scherzfrage stellen:

„Auf welchem Ei steigt die ganze Wienerstadt umeinander, ohne es zu zerbrechen?"

Leloup weiß es nicht, und sie müssen es ihm sagen: „Auf der Bast-ei".

Alle lachen, bis auf Annamirl, die still an ihrer Mandelmilch nippt.

Dann flüstert Leloup mit dem Serviermädchen, und kurz darauf steht ein Teller mit Schaumrollen auf dem Tisch.

„Jö, Famnudeln!", rufen die Buben, aber da werden sie streng gerügt, denn so kann man vielleicht im Waldviertel reden, aber nicht in Wien.

„Ich glaub, es ist Zeit zum Gehen", sagt Kathi plötzlich und wirft Strasser einen vielsagenden Blick zu.

„Ja, es wird langsam kalt."

„Es wird eher zu warm da herinnen", sagt Kathi. Und es ist wahr – manche Paare geben sich ihrem Abschiedsschmerz in einer Weise hin, dass die Kinder gar nicht mehr wissen, wo sie hinschauen sollen. Und draußen, auf der Ochsenmühle, geht es noch viel offenherziger zu. Leloup blickt um sich, lacht und zuckt die Achseln.

„Sag einmal", flüstert Kathi, als Strasser ihr in den Mantel hilft, „ist dir was am Annamirl aufgefallen?" Sie redet extremes Waldviertlerisch, wie immer, wenn Außenstehende nichts davon verstehen sollen."

Strasser schüttelt den Kopf. „Was denn?"

„Na, was die für Augen auf den Capitaine gemacht hat – wie wenn sie ihn fressen wollt'. Ich glaub, der gefallen schon die Mannsbilder. Trotz dem, was sie erlebt hat. – Oder vielleicht grade deswegen, was meinst ...?"

Aber Strasser hat von Annamirls Verhalten nichts bemerkt. Leloup macht jetzt einen Vorschlag:

„Ich habe Befehl, heute noch die Fahrstraße durch Bastei und Ravelin zu inspizieren. Ob alles gut versperrt ist und so weiter. Die technischen Dinge haben schon unsere Genietruppen erledigt. Wenn Sie wollen, können Sie mich begleiten. Dann müssen Sie nicht den Umweg bis zum Kärntnertor machen."

„Gerne", sagt Strasser, „aber die Bastei ist doch jetzt militärisches Sperrgebiet. Dürfen Sie das überhaupt?"

„Wahrscheinlich nicht!", antwortet Leloup gutgelaunt, wofür ihn die Zwillinge noch mehr bewundern als zuvor. „Jedenfalls hat Ihre Familie dann zwei Herren als Schutz, solange wir am Glacis sind."

Das Glacis, das eigentlich militärischen Zwecken dient, ist schon an sich eine unsichere Gegend, und heute Abend ganz besonders. Denn diese weite, von Alleen durchzogene Parklandschaft ist nur spärlich beleuchtet, und schon jetzt hört man von dort Gebrüll und Flüche auf Französisch, Österreichisch und in den Sprachen vieler deutscher Staaten. Da gibt es so manche, die unter der Besatzung gelitten haben und jetzt nicht Abschied nehmen, sondern abrechnen wollen.

„Und wenn wir drüben sind," setzt Leloup fort, „könnten Sie, Commissaire, und ich in meinem Quartier unseren gemeinsamen Schlussbericht entwerfen. Viel gibt es ja nicht zu berichten; wir dürften um Mitternacht damit fertig sein."

Strasser mag nicht so recht, denn er ist noch von seinen Erlebnissen in der letzten Nacht hergenommen und würde gerne schlafen gehen. Aber Leloup meint es ja gut, und überhaupt ist die ganze Gesellschaft hingerissen von der Liebenswürdigkeit dieses Offiziers. Und nachdem Leloup die Rechnung beglichen hat, gehen sie zunächst von der Bastei hinunter zum alten Widmertor. Das ist geschlossen, weil es zu Teilen der Befestigungen führt, die schon für die Sprengung bestimmt sind. Aber Leloup holt einen Schlüssel hervor und öffnet das Fußgängertürl neben dem gewaltigen Haupttor mit seinen vier Fahrbahnen.

Jetzt sind sie in der Passage, die durch die Burg zu der „Spanier" genannten Bastion und dann weiter durch den Ravelin auf die Holzbrücke über dem Stadtgraben führt. Unterwegs sperrt Leloup für sie immer wieder Eisengitter oder Eisentüren auf und zu. Von der Limonadihütten auf der Bastei hört man noch die Musik.

Strasser hat den Durchgang durch die Befestigungen immer nur bei Tageslicht gesehen und ist überrascht, dass es dort nicht stockdunkel ist, wie er es sich vorgestellt hat. Durch Öffnungen in den Seitenwänden fällt das Mondlicht, wie in einem jener Schauerstücke, die jetzt so gern in der Josefstadt gespielt werden; zwischen dem „Spanier" und dem Ravelin gehen sie sogar ein Stück unter freiem Himmel. Die Kinder sind fasziniert; Kathi schaut etwas beunruhigt um sich.

Leloup erklärt im Gehen: „Diese Fahrstraße haben unsere Ingenieure benützt, um die Sprengkammern anzulegen. Zu beiden Seiten haben sie Öffnungen in die Ziegelwand gebrochen, Sprengladungen hineingesteckt und wieder vermauert. In jeder dieser Vermauerungen ist eine kleine Lücke offengelassen worden, und eine Zündschnur geht hindurch. Und damit nicht alle zugleich explodieren", setzt er fort, „sind die Zündschnüre durch Lunten von verschiedener Länge verbunden, so dass die Explosionen nacheinander erfolgen."

„Da könnten wir also jetzt alle miteinander in die Luft fliegen?", erkundigt sich Peter.

Leloup lacht. „Nur wenn wir bis morgen hierbleiben. Bis dahin kann nichts passieren."

Dann sind wieder im Freien. Der Weg geht jetzt auf der Holzbrücke über den Stadtgraben, dann auf einer schnurgeraden Allee quer durch das Glacis, bis zu der

Gabelung, wo die eine Allee zur Brücke über den Wienfluss und die andere zu den Hofstallungen führt. Hier gibt es wieder Straßenlaternen; der dunkle und gefährliche Teil des Glacis liegt hinter ihnen.

„Hier trennen sich unsere Wege", sagt Strasser, der jetzt keine Lust mehr hat, einen gemeinsamen Bericht zu schreiben; zwei getrennte Berichte genügen vollauf. Er will sich bei Leloup für die Einladung bedanken und ihm für seine Karriere alles Gute wünschen etc., denn aller Voraussicht nach werden sie einander nicht mehr sehen, sofern nicht Österreich auch noch den nächsten Franzosenkrieg verliert und Wien zum dritten Mal besetzt wird.

Und da geht Annamirl mit entschiedenen Schritten auf ihn zu.

„Der Abend war so schön", flüstert sie, „darf ich dem Herrn Göd zum Dank ein Busserl geben ..."

Sie muss sich gar nicht viel auf die Zehenspitzen stellen, denn sie ist schon fast so groß wie er, und während sich Strasser wundert, warum sie ihm ausgerechnet jetzt ein Busserl geben will, was überhaupt nicht ihre Art ist, und weiters, warum gerade er das Busserl bekommen soll, wo es doch Kathi war, die sie heute mitgenommen hat, ist sie schon ganz nahe an ihm, dass ihr Schutenhut ihrer beider Gesichter verdeckt, und dann küsst sie ihn nicht, sondern flüstert: „Geben der Herr Göd acht. Das ist er – der Franzos', der mir den Hintern ausgehaut hat. Der Capitaine ist der Prutus!"

Und lässt ihn los und läuft in die Dunkelheit. Während Strasser noch zu begreifen versucht, was Annamirl ihm da mitgeteilt hat, verabschiedet sich Kathi hastig und folgt ihr; es wär' doch ein Unglück, wenn Annamirl wieder dem Grundwachter in die Händ fallen würde wie seinerzeit. Die Zwillinge zerren Fido mit sich, der aber lieber bei seinem angebeteten Herrn geblieben wäre und sich sehnsüchtig umschaut.

„Ich werde jetzt auch nach Hause gehen", sagt der von Annamirls Eröffnung noch völlig verwirrte Strasser, „ich will meine Familie nicht alleinlassen."

„Ich fürchte, das kann ich nicht erlauben!", sagt Leloup leise und tritt so nahe an Strasser heran, als ob auch er ihn umarmen wollte. Etwas drückt Strasser schmerzhaft gegen die Brust.

„So geben Sie doch Obacht!", fährt er auf, mehr überrascht als verärgert, „Sie rammen mir da Ihren Säbelgriff in die Rippen –"

Und dann sieht er es: Da ist kein Säbel. Leloup hält ihm eine Pistole an den Leib.

„Kommen Sie mit und machen Sie kein Aufsehen! Sie wollen doch, dass es Ihrer Familie gut ergeht." Und damit packt er Strasser mit der freien Hand am Oberarm und dreht ihn herum, in Richtung zur Burgbastei, von der sie gerade gekommen sind.

In Strassers Gehirn tritt jene Klarheit ein, nach der er die letzten Monate gesucht hat. In Sekundenschnelle fügt sich eins zum andern, wie die Glasstückchen in einem

Kaleidoskop zu einem Muster zusammenfallen. So vieles, was ihm an Leloup merkwürdig erschienen ist und was er auf den unbändigen Ehrgeiz dieses Offiziers zurückgeführt hat, findet jetzt eine weit logischere Erklärung, und er erkennt, dass dieser Mensch, der ihm beinahe ein Freund geworden ist, ihn monatelang zum Narren gehalten hat. Wie hat er sich nur so täuschen können!

„Dann habe ich also die Ehre mit Brutus. Oder sind Sie Cinna?", sagt er, während er neben Leloup dahinstolpert, den Pistolenlauf in den Rippen. Er muss mit Leloup ins Reden kommen – vielleicht gibt ihm das Schicksal noch eine Chance.

„Nein, Cinna musste sich in Schönbrunn für die Sache opfern. Ich selbst wäre der zweite Schütze gewesen, wenn ich nicht an Ihrer Unternehmung beteiligt gewesen wäre."

„Die Idee, Windbüchsen einzusetzen, hatten Sie ja schon vor mir. Konnte ich Ihnen wenigstens in anderer Weise helfen, Capitaine?"

„Ihre Ideen waren ausgezeichnet, aber Sie haben uns auch einige Probleme bereitet, natürlich ohne etwas zu begreifen. Mein Pech war, dass ich nichts von der Verbindung zwischen Ihnen und Annemarie wusste. Als Sie plötzlich in dem Haus in Dornbach aufgetaucht sind, war das eine böse Überraschung. Und wie Sie danach, als Sie in der Bredouille steckten, diesen böhmischen Idioten für Ihre Zwecke eingesetzt haben und entkommen sind, das war ein Meisterstück, das hätte uns nicht passieren dürfen. Es war auch ein Fehler, dass ich diese kleine Schlampe von Annemarie übers Knie gelegt habe. Aber ich konnte einfach nicht widerstehen, und ich glaube, es hat auch ihr Spaß gemacht."

Strasser unterbricht Leloups Reminiszenzen. „Was wollen Sie jetzt tun?"

„Was meine Pflicht ist. Sie, Commissaire, sind derzeit der einzige österreichische Beamte, der weiß, wer Brutus wirklich ist. Pflichtbewusst wie Sie sind, werden Sie das Ihrer Behörde melden, und der Bericht wird auch an unsere Leute gehen – wir haben ja Frieden, und unsere Nationen sind wenigstens theoretisch befreundet. Donc …"

Also muss Leloup ihn umbringen, denkt Strasser, wenn er nicht selbst sterben will. Es war ein Fehler, dass er nicht sofort mit seiner Familie weggegangen ist; vor den Augen von Kathi und den Kindern hätte Leloup ihn nicht niedergeschossen. Hier hingegen ist es dunkel; Gewalttaten werden begangen in dieser Nacht, vereinzelt waren sogar Schüsse zu hören. Sicherlich wird man morgen oder übermorgen davon lesen. Unter anderem von einem höheren Polizeibeamten, der einem ungeklärten Verbrechen zum Opfer gefallen ist. Wahrscheinlich ein Racheakt, er hat ja genug Verbrecher in den Kerker geschickt.

Und so kann Strasser getrost vergessen, was ihm die Erfahrung des ehemaligen Gendarmen eingibt – als da wäre: die Sache in die Länge ziehen, mit dem Mörder verhandeln, ihn in seinem Entschluss wankend machen, usw. Nein, er muss den richtigen Moment erwischen und handeln, auch wenn ihm ums Verrecken nicht einfallen will, was er eigentlich noch tun könnte. Davonrennen ist unmöglich, er kann ja kaum gehen. Und mit bloßen Händen gegen diesen Athleten, der eine Pistole von beträchtlichem Kaliber und vielleicht noch andere Waffen mitführt?! Aber selbst, wenn er ihm entkommt – die Drohung gegen Strassers Familie war nicht zu überhören, und Leloup hat zweifellos die Mittel und genug Leute, diese Drohung ehestens wahrzumachen. Jetzt bietet er ihm noch an, seine Familie zu verschonen, wenn Strasser sich opfert. – Zählt eigentlich Annamirl zur Familie?

Strasser kommt nicht zum Überlegen; alles geht zu schnell. Schon sind sie wieder auf der Brücke und durchs Burgtor hindurch. Die Bastion ragt vor ihnen auf; sie ist ganz offensichtlich das Ziel Leloups. Den französischen Posten haben sie passiert; der Mann hat sich an den Capitaine und den besseren Herrn in Zivil von vorhin erinnert, hat schwankend das Gewehr präsentiert und sich dann wieder seinem Rausch hingegeben.

Dann sind sie an der Fußgängertür, neben dem Tor zur Fahrstraße,

„Los, Commissaire", befiehlt Leloup, „nehmen Sie diesen Schlüssel und sperren Sie auf!"

Strasser verliert die Beherrschung. „Nein!", stößt er hervor – und sofort steigt ihm Leloup auf den schlechten Fuß, dass er vor Schmerzen fast das Bewusstsein verliert und gestürzt wäre, hätte Leloup ihn nicht festgehalten.

Leloup schüttelt den Kopf.

„Lassen Sie den Unsinn, Commissaire. Wenn Sie Widerstand leisten, wird die Sache nur ekelhaft."

Strasser hört es wie durch Watte. Willenlos nimmt er den Schlüssel und sperrt auf. Sofort drängt ihn Leloup ins Innere, bis zu einem Fleck, auf den das Mondlicht fällt. Die Tür wirft er hinter sich zu.

Strasser hat sich wieder etwas gefasst, und die Neugierde des Polizeibeamten ist in ihm erwacht:

„Sagen Sie mir noch Eins, Capitaine. Dass Brutus ein Werkzeug der Emigranten ist, das war mir schon lange klar. Aber war es auch von unserer Seite gewollt, dass die Chouans Erfolg haben sollten? Haben Sie mit der Polizei-Hofstelle konspiriert? Ist etwa auch unsere Regierung mit im Komplott – vielleicht sogar unser guter Kaiser?"

Als Antwort ratscht Leloup einen Text herunter, den er zweifellos auswendig gelernt hat: „Hinter uns stehen alle Gutgesinnten, die für den Tod des korsischen Untiers und die Wiedereinsetzung des Hauses Bourbon sind. Mehr ist nicht zu sagen."

Also keine Aufklärung – nicht einmal jetzt! Leloup macht ihm auch nicht die Freude, die Waffe wie am Schießstand mit gestrecktem Arm vor sich zu halten. Er hält sie an der Hüfte, wo sie für Strasser unerreichbar ist. Der Pistolenlauf bewegt sich nicht um Haaresbreite.

Strasser glaubt zu träumen, als er sich mit bebender Stimme sagen hört: „Capitaine, Sie wissen, dass ich kein Bonapartist bin; ich halte Napoleon für ein großes

Unglück. Schon morgen aber geht er fort aus Wien, und sein Leben kann mir danach gleichgültig sein. Ich versichere Ihnen, dass ich Sie nicht verraten werde, wenn Sie mich und meine Familie verschonen. Darauf haben Sie mein Ehrenwort als österreichischer Beamter."

Für diese Worte wird er sich sein Leben lang schämen. Aber jetzt senkt sich die Pistole ein wenig, und Strasser sieht einen Hoffnungsschimmer. Doch dann sagt Leloup:

„Ihr Ehrenwort! Haben Sie nicht auch Ihrem Kaiser einen Eid geleistet, jederzeit Ihre Pflicht zu tun? Und jetzt schwören Sie mir, diesen Eid zu brechen. Welchen dieser Eide hätten Sie eigentlich halten wollen, Commissaire?"

Dieser Hohn hat Strasser gerade noch gefehlt.

„Da ist kein großer Unterschied zwischen uns", sagt er zornig, „Schließlich haben auch Sie mehr als einem Herrn die Treue geschworen."

Die Bemerkung verbessert seine Lage in keiner Weise, aber sie hat ihm gutgetan.

„Der Unterschied zwischen uns ist der", sagt Leloup, „dass ich Sie vor meiner Pistole habe und nicht umgekehrt. Geben Sie mir jetzt Ihren Stock, damit Sie nicht auf irgendetwas Heroisches verfallen, knien Sie nieder und denken Sie an Ihren Gott, falls Sie einen haben!"

Nichts geht mehr. Leloup will ein Ende machen. Da hilft auch der Gehstock nichts.

Der Gehstock. … Seltsam, woran man so denkt, wenn es ans Sterben geht: Vor vielen Jahren hat er ihn am Horner

Kirtag vom Juden gekauft, er weiß es noch wie heute. Es war ein schönes Stück, doch der Preis ist ihm ein wenig hoch erschienen, und das hat er dem Juden auch gesagt. Ah, hat der Jude erwidert, aber der junge Herr hat ja noch gar nicht auf den Kristallknopf gedrückt – da, auf dem Adler. Drück' der Herr doch und seh' er, dann zahlt er gern! Damals war Kathi noch nicht seine Frau – Kathi, die jetzt daheim auf ihn wartet und noch lange warten wird. Nicht einmal seinen Leichnam wird man finden, denn nach dem Plan Leloups wird die Bastion sein Grabmal sein.

Eine tiefe Resignation überkommt Strasser und fast gegen seinen Willen flüstert er die Worte eines Gebets aus seiner Kindheit; er könnte gar nicht sagen, ob er um Rettung aus Todesnot betet oder für seine arme Seele.

Und da erhebt sich unmenschliches Geheul vor der Eisentür, und etwas Schweres wirft sich dagegen, als ob ein Dämon persönlich und etwas verfrüht gekommen wäre, ebendiese arme Seele abzuholen. Strasser weiß sofort: Fido hat es ohne seinen Herrn nicht ausgehalten und ist zurückgelaufen, wie schon so oft.

Das weiß Strasser. Leloup weiß es nicht, er wendet irritiert den Kopf, und jetzt ist der Moment da, der Strasser geschenkt worden ist. Drück der Herr doch auf den Knopf! hat ihm der Jude in Horn gesagt – und Strasser, dessen Resignation sich urplötzlich in rasende Wut verwandelt, tut es, er drückt auf den Knopf und stößt zugleich zu wie mit dem Bajonett in den Strohsack am

Exerzierplatz. Seit dem Horner Kirtag hat er es nicht mehr versucht, es war ja nie notwendig, der Mechanismus könnte eingerostet sein. Doch verlässlich wie damals schnellt die spannenlange Dolchklinge hervor, und Strasser stößt zu, egal wohin, nur wieder und wieder, denn er weiß, von einem einzigen Stich stirbt keiner, außer auf der Bühne ... Leloup brüllt wie ein Stier, er versucht die Dolchstöße mit der Pistole zu parieren, doch es ist zu dunkel, er sieht die Stöße nicht kommen. Die Klinge fährt ihm durch den Unterarm, dann wieder in den Leib, er retiriert, stolpert, fällt rücklings der Länge nach hin und rührt sich nicht mehr.

Strasser beugt sich über ihn. Hat Leloup geschossen? Doch da ist kein Pulverdampf, und er fühlt keine Verwundung. Der Capitaine hingegen ist nicht bei Bewusstsein. Seiner Atmung nach zu urteilen muss ein Stich in die Lunge gegangen sein, Strasser hat es als Soldat mehr als einmal erlebt.

Strasser findet, dass ein paar Worte angebracht wären; schließlich war das, was er getan hat, eine Amtshandlung, und auch wenn sie nicht in Schriftform ergangen ist, braucht sie eine Begründung. Wäre Leloup ansprechbar, würde er ihm Folgendes ins Gesicht schleudern:

'Was geschehen ist, haben Sie sich selbst zuzuschreiben, Leloup. Ich werfe Ihnen nicht vor, dass Sie meine Einfalt ausgenützt haben, denn wir waren Gegner, auch wenn ich es nicht begriffen habe. Doch Sie haben einen Mann ermordet, dem ich Schutz versprochen hatte. Sie haben meine Familie bedroht' – Dann mit erhobener Stimme: ,Und außerdem bin ich der Göd vom Annamirl!'

Doch er lässt es, denn Leloup sieht nicht so aus, als würde er verstehen. Ein Lungenstich kann aber muss nicht tödlich sein, und Strasser fühlt, dass es günstig wäre, Leloup den Rest zu geben. Doch das bringt er nicht fertig, obwohl eine geladene und gespannte Pistole vor ihm liegt. Er will nur fort von hier.

Seinen Zwicker hat er verloren. Die Dolchklinge hat ihren Zweck erfüllt und sich danach vom Stock gelöst. Er sollte wenigstens diese Indizien beseitigen, doch er sucht nicht danach.

Aber eines lässt er sich nicht nehmen: Er schiebt die Ärmel von Leloups Waffenrock und Hemd hoch. Und hier, auf einem Unterarm von gewaltigem Umfang eintätowiert, liest er:

„Vive le Roi"

CR&O

Als Strasser heimkommt, von Fido begleitet, ist ihm, als ob eine halbe Ewigkeit vergangen wäre, seit er sich von seiner Familie getrennt hat, und dass die ganze Welt ihm ansehen müsste, was ihm in dieser Zeit widerfahren ist. In Todesgefahr durch ein Mädchen, gerettet von einem Hund … Ein Text für einen Theaterzettel!

Tatsächlich ist er nur eine knappe Stunde später heimgekommen als Kathi und die Kinder, und Kathi sieht ihm gar nichts an, sondern bemerkt nur:

„Na, die Arbeit ist aber eh geschwind gegangen … Sag einmal, weißt du, was die Annamirl gehabt hat? Warum ist denn die so schnell davon? Das war ja direkt unhöflich zum Capitaine, wo der so nett war zu uns".

Und schon muss Strasser zum ersten Mal als Folge seiner Tat lügen. Vielleicht war sie verlegen, meint er, weil sie ihn grad abgebusselt hat. Insgeheim ist er erleichtert, dass Annamirl der Kathi nichts davon erzählt hat, dass sie den Schänder ihres Hinterteils erkannt hat. Denn ihrer Mutter und anderen Leuten wird sie dann wohl auch nichts sagen.

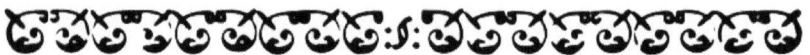

Eigentlich hat Strasser sich mehr erwartet – Flammen etwa und hoch in die Luft auffliegende Mauerstücke, wie auf einem Schlachtengemälde in Öl. So war es auch, als die Franzosen die Ravelins gesprengt haben – einen Gang ins Innere getrieben, mit Pulver angefüllt und gezündet. Dabei sind Schlampereien unterlaufen, Sprengstücke haben die umliegenden Häuser beschädigt, und es hat mehr als einen Toten gegeben. Aber es war ein großes Spektakel.

Was er jetzt sieht, aus den Fenstern eines Amtsraumes in der Hofburg, in den ihn Kollegen eingeladen haben, unterscheidet sich davon beträchtlich.

Bei der Burgbastei, der mächtigsten Befestigung, haben die Franzosen mehr Sorgfalt aufgewendet, es ist ja ihr Abschiedsgeschenk für die Wiener. Die Fahrstraße ist für sie ein unerwarteter Vorteil gewesen, denn so stürzen die Bastei und der Ravelin in sich zusammen.

Tatsächlich ist es ein dumpfes Poltern, dann noch eins und noch eins, in rascher Folge, wie wenn auf einem fernen, unterirdischen Schlachtfeld eine Batterie feuert, und bei jedem Poltern hebt sich die Erde und fällt wieder in sich zusammen, und wer nahe genug steht, verspürt einen Stoß in der Magengegend. Eine ungeheure Staubwolke steigt auf.

Als der Staub sich legt, ist die stolze Bastei ein Trümmerhaufen, eine Ansammlung von Schutt und

Kratern, wie sie nach Meinung der Gelehrten die Oberfläche des Mondes bedecken. Die Fahrstraße ist nicht mehr zu erkennen. Den Capitaine Leloup wird man so bald nicht finden. Vielleicht nie mehr.

Ein Trompetensignal gibt Entwarnung.

Die ganze Nacht davor ist Strasser wachgelegen, während die Gewaltszene sich wieder und wieder in seinem Kopf abgespielt hat, und hat auf die Rache Leloups gewartet, dem es trotz seiner Verletzung irgendwie gelungen ist, aus der Bastei zu entkommen. Aber nichts dergleichen ist geschehen, und jetzt hat er keine Zweifel mehr, dass Leloup da unten liegt, vielleicht zermalmt und unkenntlich, nicht anders, als er es Strasser zugedacht hat.

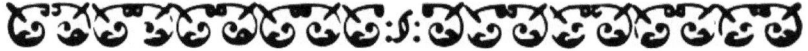

Wieder ist Ballettstunde beim Vicomte. Es ist ihm mittlerweile zur lieben Gewohnheit geworden, zuerst den Übungen beizuwohnen und dann für seine intimeren Freuden mit dem Rollstuhl in das Kabinett hinter die Tapetentür zu wechseln. Die Mädchen sind alle im Laufe der Zeit reifer und weiblicher geworden, und die eine oder andere sieht jetzt wahrhaftig aus wie einem Gemälde von Boucher entstiegen. Nie mehr werden ihre Körper so schön sein wie jetzt, und durch die göttliche Gnade und die Glaskunst der Venezianer darf er diese Schönheit aus nächster Nähe und in allen Einzelheiten betrachten. Ganz besonders entzückt es ihn, wenn die Mädchen einander und ihre hervorkommenden Formen neidvoll oder bewundernd betrachten und kommentieren und manchmal auch berühren.

Er hat ihnen einen Krug mit gezuckertem Wein und eine Schüssel Bonbons hinstellen lassen, damit es nachher in der Garderobe länger dauert.

Alles geht seinen gewohnten Gang. Nur sein Kammerdiener ist ein wenig blass. Nun, vielleicht wird er krank, der Jüngste ist er ja auch nicht mehr. Wenn nur seine Ballettmädchen gesund sind.

Aber auch im Ballsaal ist es heute stiller als sonst; das übliche Geplauder fehlt. Vielleicht, denkt er, hat sich jemand erinnert, dass heute vor einem Jahr die Schule eröffnet worden ist, und die Mädchen haben unter

Anleitung von Jean Rauscher etwas zu seinen Ehren vorbereitet – ein Menuett vielleicht oder ein Lied?

Die Pendule schlägt Vier. Der Kammerdiener öffnet mit bebenden Händen die Doppeltüren, und der Orkus tut sich auf:

Nichts von engelsgleichen Balletteusen, nichts von stolzen Müttern, kein Jean Rauscher, und auch nicht die Vicomtesse am Pianoforte. Mitten im Saal steht der Unterkommissär Strasser in der ersten Position des klassischen Balletts und macht dem Vicomte eine Reverenz. Dann geht er auf ihn zu und überreicht ihm ohne die geringste Verbindlichkeit ein überaus amtlich aussehendes Papier, das er auch gleich erläutert: Mit sofortiger Wirkung ist seine Ballettschule geschlossen. Übrigens habe auch jede weitere Zusammenkunft der sogenannten Chouans in seinem Hause zu unterbleiben. Widrigenfalls man sich diese Herrschaften näher ansehen werde, ob nun Napoleon im Lande sei oder nicht.

Der Vicomte nimmt das Schreiben mit zwei Fingerspitzen an sich; mit der anderen Hand bedeckt er sein Gesicht, um Strasser nicht mehr sehen zu müssen. Sein Kammerdiener rollt ihn fort.

Strasser geht hinunter ins Erdgeschoss, wo er dem Majordomo, dem Tanzmeister Jean Rauscher und der Vicomtesse eröffnet, dass sie sich ab jetzt wieder im ganzen Haus frei bewegen dürfen, was er ihnen zuvor amtlich untersagt hat, so wie er auch die Mädchen und ihre Mütter nach Hause geschickt hat.

Er fügt hinzu: „Der Vicomte hat seine Ballettstunde gehabt", und meint, auf dem Gesicht der Vicomtesse ein leises Lächeln zu sehen.

Der Vicomte hat übrigens Frankreich nicht wiedergesehen und den Sturz Napoleons nicht mehr erlebt; schon im folgenden Jahr ist er in Wien verstorben.

Peter steht auf und rezitiert: „So hingestellt wird's manchem Schwachen schwindeln."

Dann Paul: „Ich wickle alle Kinder aus den Windeln."

Jetzt Annamirl: „Ihn ersehnt der Kranke, wird die Nacht ihm lang."

Und alle drei im Chor: „Vor ihm wird manchem blöden Mädchen bang."

Sie verbeugen sich und setzen sich wieder hin.

An diesem verregneten Novemberabend hat es bei den Strassers eine Jause gegeben, um die Rückkehr von Kaiser Franz aus dem ungarischen Exil zu feiern, und jetzt werden Rätsel geraten. Strasser, Kathi und Madame Marini stecken die Köpfe zusammen und flüstern. Die Buben schütteln sich vor unterdrücktem Lachen.

„Ich komm einfach nicht drauf", sagt Strasser nach einer Weile gemeinsamen Nachdenkens.

Mutter Marini, des Deutschen noch immer nicht ganz mächtig, murmelt auf Italienisch vor sich hin und hat keine Ahnung.

Annamirl, im Rücken der Buben, deutet mit dem Daumen „Erstens" und hebt dann die Hand weit über ihren Kopf. Dann „Zweitens" und zeigt auf die Pendeluhr. Schließlich „Drittens" und auf das Fenster. Alles Hinweise für Kathi.

„Jetzt weiß ich's!", sagt Kathi, „Hoch-Zeits-Tag."

„Bravo!", rufen die Kinder und Paul fügt hinzu: „Das blöde Mädchen ist Annamirl!" Was Annamirl mit Verachtung übergeht.

Madame Marini hat die Lösung auch jetzt noch nicht verstanden. Annamirl wird sie ihr daheim erklären.

Als Mutter und Tochter Marini sich verabschieden, fragt Strasser, wie es um den Firmungsunterricht von Annamirl steht, er soll ihr ja zu Pfingsten nächsten Jahres in St. Stephan den Göd machen.

Da wird Madame Marini aber sehr verlegen und beginnt in einer Mischung aus Italienisch und Deutsch zu plappern. Man habe sich die Sache überlegt, es gebe da einen Freund der Familie, dem man verpflichtet sei, weil er den weiteren Ballettunterricht von Annamirl an einer anderen Schule finanzieren werde und sich auch als Göd angeboten habe. Was man nicht gut ablehnen könne, leider. Und so weiter.

Strasser hat von diesem Freund der Familie nie gehört, aber er versteht, dass er abserviert ist.

Etwas pikiert sagt er: „Nun, dann eben nicht."

Aber in seine Enttäuschung mischt sich Erleichterung. Wenigstens eine finanzielle Belastung weniger, denkt er; er wird es sich leisten können, im kommenden Fasching seine Kathi ab und zu in die neueröffneten Apollo-Säle zu führen. Und er ist auch die Aufgabe los, ein Leben lang pflichtgemäß über Religion und Moral von Annamirl zu wachen, was schwierig werden könnte.

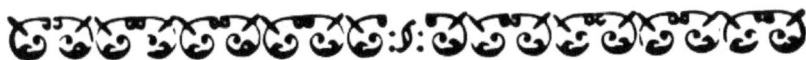

DREIUNDDREISSIG

Strasser faltet die „Presse" zusammen und zieht den Pelzkragen seines Mantels enger zu. Es fröstelt ihn jetzt andauernd, sogar an diesem schönen Tag im Mai des Jahres 1859. Schließlich ist er bald Achtzig.

Ein halbes Jahrhundert lang hat er die Stelle im Äußeren Burghof gemieden, wo seiner Berechnung nach in der Tiefe Leloups Leichnam liegen muss. Da hat er lieber den Umweg durchs Kärntnertor oder Schottentor genommen. Jetzt allerdings, seit Beginn der Planierarbeiten, hat er mit einer geradezu perversen Ungeduld darauf gewartet, dass man Leloup findet. Er hat alles mit angesehen, die Auffindung der menschlichen Überreste und ihren Abtransport. Allerdings nur von weitem, und so kann er nicht wissen, was da noch übrig war und was davon auf eine Mordtat und auf den Mörder hinweisen könnte. Ihm fällt nur der Stock mit dem Adlergriff ein, den er damals am Tatort zurückgelassen hat. Mit dem Stock haben ihn viele gesehen; von der verborgenen Klinge aber haben nur wenige gewusst, und die sind alle schon tot.

Dass er nach den Paragraphen des Kriminalrechts in Notwehr gehandelt hat und daher schuldlos ist, hat ihn nie völlig beruhigt. Seiner Kathi wollte er die ganze Wahrheit sagen, aber er hat es immer wieder hinausgeschoben, bis die Cholera ihm die Entscheidung abgenommen hat.

Von Leloup hat er nur noch einmal gehört, in den letzten Regierungsjahren von Kaiser Franz. Damals hat sein Vorgänger, dem es im Ruhestand langweilig geworden ist, gelegentlich die Spänglergasse aufgesucht und die Referenten reihum mit Reminiszenzen an längst vergessene Kriminalfälle vom Arbeiten abgehalten. Er hat sich in anderer Richtung entwickelt als sein Idol Metternich, er ist fett geworden und hat auch nicht mehr versucht, ihn zu imitieren.

An diesem Tag ist der nunmehrige Behördenleiter Strasser an der Reihe gewesen. Der Hofrat hat sich von ihm die Neuigkeiten erzählen lassen – dass Strasser Witwer ist, seit der großen Cholera anno Einunddreißig. Dass er dann in eine kleinere Wohnung gezogen ist, eine im Gebäude der Oberdirektion. Und was die Zwillinge machen: Einer ist beim Militär, Infanterieregiment Nr. 9 Colloredo, der andere Professor für Geschichte an einem Gymnasium. Sie besuchen ihn ab und zu.

Ob Strasser etwas vom Polizeidiener Jan Smejkal weiß, fragt der Hofrat, der sich ein erstaunliches Gedächtnis für Details bewahrt hat, besonders für Namen.

„Der ist weggezogen", berichtet Strasser, „obwohl ich ihm ein gutes Zeugnis ausgestellt hab, so dass er bei der Wache hätt' bleiben können. Hat sich nach Holesovice bei Prag abgemeldet."

Auch eine gewisse Rusalka Cerny aus dem Haus „Zu den drei Rössern" am Spittelberg ist um die Zeit nach derselben Prager Vorstadt verzogen. Vielleicht sind die beiden ein Paar geworden; ob es wirklich so war, weiß er nicht, obwohl er es in Erfahrung bringen hätte können. Aber was geht es ihn an ... Ist schon schlimm genug, dass er noch manchmal an ihren goldschimmernden Körper denken muss.

„Ja, und die Annemarie, war das nicht Ihr Patenkind?", will der Hofrat wissen.

„Draus ist nix geworden", murmelt Strasser. Nach seiner Ausladung als Firmgöd hat sich das Verhältnis zwischen den Familien Strasser und Marini abgekühlt. Er hat dann nur noch einmal mit dem Mädchen geredet, kurz danach, als sie auf dem Weg in die Schule und er auf dem Weg ins Amt gewesen ist. Er hat ihr so nebenbei mitgeteilt, dass Brutus/Leloup wegen seines Lebenswandels nach Spanien beordert worden ist und bei der Belagerung einer Stadt namens Gerona den Tod gefunden hat. Es wäre also überflüssig, noch weiter von der Sache zu reden. Oder auch nur daran zu denken.

Annamirl hat nur die Schultern gezuckt, als ob sie das nichts mehr angehen würde. Sekundenlang ist Strasser ein ungutes Gefühl überkommen, so als ob es vielleicht für Annamirl doch gut gewesen wäre, von der Sache zu reden, nicht gerade mit ihm, aber vielleicht mit jemand anderem. Denn dass der Charakter eines Menschen nur von seiner Schädelform bestimmt wird, wie es dieser Dr. Gall behauptet hat, und nicht auch von seinen Erlebnissen, hat er nie recht glauben wollen. Und er merkt, dass das Mädchen ihm eigentlich fremd geworden ist.

So hat er nur hinzugesetzt, dass die Ballettschule in der Wallnerstraße geschlossen worden ist, dass sie aber sicher eine andere finden werde.

Die hat sie auch gefunden – eine sehr noble und teure Schule, und der neue Firmpate hat bezahlt. Ebenso den Gesangsunterricht. Dank ihm haben Mutter und Tochter Marini auch den Staatsbankrott von 1811 überstanden, als ihre Ersparnisse auf einmal nur mehr ein Fünftel wert waren. Recht bald hat man im Haus getratscht, dass es ein reicher Hausherr war, der dann nicht nur der Göd, sondern auch der erste Liebhaber des Mädchens geworden ist. Der nächste war ein Theaterkommissär, also einer von der Zensurbehörde; der hat ihr den Weg auf die Bühne geebnet. Und dann ist schon ihre Heirat mit dem prominenten Bierbrauer gekommen. Die Hausbälle der beiden sind legendär gewesen. Jetzt leben sie getrennt.

Eine Zeitlang noch hat sie Strasser Einladungen zu Premieren geschickt, die er unbeachtet gelassen hat. Er ist auch an keiner Bühnentür gestanden und hat nie mit Blumen Zutritt zu ihrer Garderobe begehrt, obwohl sie ihn sicherlich empfangen hätte. Sie war erfolgreich, allerdings hat sie bei der Auswahl ihrer Rollen wenig Ehrgeiz gezeigt und ans k. k. Hoftheater ist sie nie gekommen.

Die nächste Bemerkung des Hofrats reißt ihn aus seinen Erinnerungen. „Denken Sie noch manchmal an diesen Hauptmann Leloup?"

„Was gibt's da viel zu denken – ein windiger Karrierist, der am Ende noch zum Deserteur geworden ist", sagt Strasser etwas unwirsch.

„Sie meinen also auch, er wär' desertiert?"

Strasser zuckt ein wenig zusammen. Sehr vorsichtig sagt er:

„Ja, aufgetaucht ist er nimmer, wenigstens nicht in Wien. Und wir haben sehr akribisch nach ihm gesucht, wie sich Herr Hofrat erinnern werden."

Der Hofrat fährt sich durch die schütteren Locken.

„Es wär' möglich, dass er gar nicht derjenige war, als der er sich ausgegeben hat. Mir ist nämlich da ein Bücherl untergekommen. „Der Capitaine Leloup" heißt es, von einem gewissen Dumas Alexander. Ganz geschickt geschrieben – Sie wissen ja, nach 1815 haben alle angefangen, Memoiren zu schreiben, auch die Royalisten und die ehemaligen Chouans. Da hat sich der Dumas ein paar Fakten rausgeholt und den Rest aus der Phantasie ergänzt. Ein Journalist halt ... Erschienen ist es als Fortsetzungsroman in einer französischen Wochenzeitung. Wollen Sie es lesen?"

„Ich kann noch immer nicht Französisch!", sagt Strasser.

„Na, dann erzähl ich es Ihnen. – Demnach ist der Leloup in Wirklichkeit ein kleiner Baron aus der Vendée gewesen, der sich den dortigen Chouans angeschlossen hat. Er hat natürlich auch anders geheißen. Im Achterjahr ist ein Offizier von der Gendarmerie aus Spanien durchgekommen, der nach Paris kommandiert war. Der war der echte Leloup. Er hat nimmer weiterkönnen, denn er war schwerkrank oder verletzt, das hab' ich vergessen. Jedenfalls hat ihn der Baron bei sich aufgenommen und gepflegt. Hat nix genützt, der Mann ist gestorben. Aber vorher hat sich der Baron oft mit ihm unterhalten und alles über ihn erfahren. Deshalb hat der Oberste Rat der Chouans beschlossen, den Baron an seine Stelle zu setzen, denn die beiden waren ungefähr im gleichen Alter und haben sich ein bisserl ähnlich geschaut. Das Ziel war natürlich, einen von ihren Leuten in die Nähe vom Napoleon zu bringen, im Hinblick auf ein Attentat. Was sagen Sie?"

Strasser hat sich mittlerweile gefasst und antwortet beiläufig, ja fast gelangweilt:

„Es könnte was dran sein, denn er ist sicher nicht aus der untersten Schublad' gekommen, wie er immer vorgegeben hat. Und es ist eine unbestreitbare Tatsache, dass uns alles danebengegangen ist, wo er beteiligt war. Aber trotzdem – die Geschichte hat Löcher wie ein Sieb. Das Risiko wäre bei dem Schwindel doch viel zu groß gewesen. Hätte ihn nur einer sehen müssen, der den echten Leloup gekannt hat! – Was steht denn da über seine Zeit in Wien?"

„Nicht viel, und alles falsch. Zum Beispiel: Sie erinnern sich doch an den Fall Staps?"

Strasser erinnert sich gut. Der Friedrich Staps ist ein 17-jähriger Pastorensohn aus Naumburg gewesen, der aus lauter Idealismus den Napoleon in Schönbrunn abstechen wollte, aber rechtzeitig überwältigt worden ist. Napoleon hätte gern von ihm ein Reuebekenntnis gehabt, um der Sache die Bedeutung zu nehmen, aber die Freude hat ihm der Staps nicht gemacht, sondern ihm ins Gesicht gesagt, im Falle einer Begnadigung würde er es sofort wieder versuchen. Und weil ihn der kaiserliche Leibarzt für völlig normal erklärt hat, musste der junge Mann füsiliert werden, was hätte man sonst mit ihm machen sollen?

Der Hofrat fährt fort: „Also der Leloup soll damals einer von denen gewesen sein, die sich auf den Staps gestürzt haben, weil das war eine Gelegenheit, dass er beim Napoleon gut dasteht."

Strasser schüttelt den Kopf: „So ein Unsinn – der Leloup war damals nicht einmal in der Nähe. Und gestürzt hat sich auf den Staps keiner; sondern der Marschall Berthier hat ihn weggedrängt, und dabei ist das Trumm Küchenmesser zum Vorschein gekommen."

„Jetzt können Sie sich auch denken, wie es im Roman weitergeht: Es wird natürlich nix aus den Plänen von den Chouans, und am Ende sagt sich der Leloup, dass es überflüssig ist, den Napoleon umzubringen, weil sich der eh bald sein eigenes Grab schaufeln wird. Kunststück, das im Nachhinein vorauszusagen ... Der Leloup desertiert, geht heimlich zurück in die Vendée und taucht nach Achtzehnfünfzehn wieder als Landedelmann auf."

Strasser macht eine wegwerfende Handbewegung: „Na ja, dem Publikum kann man ja viel erzählen ... Aber dass dieser Dumas jemals berühmt wird, kann ich mir nicht vorstellen."

Der Hofrat erhebt sich mit einiger Mühe; Strasser hilft ihm in den Gehrock und reicht ihm Zylinder und Stock.

„Herr Hofrat", sagt er, „da wär' noch eine Sache, die beschäftigt mich jetzt bald über fünfundzwanzig Jahr'."

Der Hofrat blickt ihn fragend an. „Ja?"

„War das Absicht?"

„Ob was Absicht war?"

„Dass das Gemeinsame Unterkomitee keinen Erfolg haben sollte. Und dass man mich blöd sterben lasst."

„Also mir ist nix erinnerlich von einem diesbezüglichen Vorgang, ist ja auch schon lang her. Aber Sie haben doch jetzt uneingeschränkten Zugang zu allen Akten der Direktion, sogar zu den Reservatakten ... Da müssten Sie doch was finden."

Strasser bedauert schon, gefragt zu haben; er fühlt sich gepflanzt. Der Schüller, der sich sogar an einen Polizeidiener erinnert, will die Sache vergessen haben! – Natürlich hat er im Aktenlager gesucht, kaum dass er Behördenleiter war; gefunden hat er nichts. Obwohl die Akten und die dazugehörigen Register mangels Ablaufs der gesetzlichen dreißig Jahre noch vorhanden sein mussten. Aber wenn die Sache sich auf höherer Ebene abgespielt hat, hat es nichts Schriftliches gegeben. Dann hat nur der Hofrat davon gewusst, und der erinnert sich nicht.

„Immerhin", setzt er fort, „meine Arbeit im Unterkomitee war zweifellos ein Fleck in meiner Conduite. Schließlich hab' ich nur einen von den Attentätern erwischt und auch den nur als als Leich'."

„Was aber nicht gehindert hat, dass Sie jetzt an meiner Stelle sitzen. – Schauen S', Strasser, manchmal kommt einer hinauf, aber nicht wegen der Sachen, die er zusammengebracht hat. Sondern wegen der anderen, die er nicht zusammengebracht hat. Ist halt so im Kaisertum Österreich. Und jetzt – Servitore!"

Der Hofrat geht. Strasser hat ihn nie wiedergesehen.

CR BO

Fast fünfundzwanzig Jahre ist das her. Eine Zeitlang hat sich Strasser über die letzten Worte des Hofrats geärgert. Dann hat er angefangen, darüber nachzudenken, und es ist wie eine Erleuchtung über ihn gekommen: So und nicht anders mussten die Dinge im Reich des Doppeladlers funktionieren. Anders ging es ja gar nicht. Und diese Erkenntnis hat ihm geholfen, den Rest seiner Dienstzeit mit einer gewissen Seelenruhe hinter sich zu bringen.

ENDE

Über den Autor

Dr. Harald Lacom war Richter und arbeitet derzeit als Dolmetscher und Übersetzer. Er hat Sachbücher zur österreichischen Geschichte und historische Kriminalromane geschrieben.

Weitere Werke des Autors

Niederösterreich brennt. Tatarisch-Osmanische Kampfeinheiten 1683. Geb. Ausgabe 2009, Verlag Stöhr, 128 Seiten, ISBN-13: 978-3901208553.

Der osmanische Vorstoß von 1683 bedrohte ganz Europa. Während der Kampf um Wien sehr gut dokumentiert ist, blieb das Schicksal der Dörfer auf dem Gebiet des heutigen Niederösterreichs und der Wiener Bezirke 2-23, bislang eher unbeachtet. Erstmals wird nun durch intensive Recherchen und penibles Studium sowohl inländischer als auch osmanischer Quellen ein Licht auf diese leidvolle Zeit geworfen.

Die Hainburger Hexenprozesse (1617 - 1624). Geb. Ausgabe 2011, Phoibos Verlag, 147 Seiten, ISBN-13: 978-3200022096

Zu Anfang des 17. Jahrhunderts fanden in Hainburg a.d. Donau mehrere Hexenprozesse statt. Die beiden erhaltenen Akten werden hier erstmals im Wortlaut wiedergegeben. Der Autor führt den Leser tief in die bizarre Gedankenwelt der Hexen und Hexenjäger, bietet ihm aber auch einen Einblick in das bäuerliche Leben zwischen Donau und Leitha vor 400 Jahren.

Der Gefangene des Sultans Österreichischer Milizverlag 2016, ISBN-13: 978-3-901185-56-4, 184 S.

Juli 1683: Die Armee des Großwesirs Kara Mustafa Pascha rückt auf Wien vor; die kaiserlichen Abwehrtruppen an der Raab weichen vor der Übermacht. Rittmeister De Martelli vom Elite-Regiment Dünewald wird mit siebzig Kürassieren zu einem Himmelfahrtskommando beordert – der Sicherung des Rückzugs gegen streifende Tataren. Schon am nächsten Tag gerät er in Gefangenschaft, für ihn der Anfang einer jahrelangen Odyssee durch die schlimmsten Kerker des Balkans bis in die Serails von Konstantinopel. – Aus den Aufzeichnungen des Rittmeisters, den Akten des Wiener Hofkriegsrates und zahlreichen europäischen und osmanischen Nebenquellen entsteht vor dem Hintergrund des beginnenden "Großen Türkenkriegs" das Bild eines aufrechten kaiserlichen Offiziers, der in Erfüllung seiner Pflicht Freiheit und Gesundheit dem Ruhm des Hauses Habsburg opfern musste.

Ranzion Historischer Kriminalroman BoD 2018, ISBN 978-3, 207 S.

Im Mai 1597 führt Martin, Juniorpartner im protestantischen Handelshaus der Reiningsberg, einen Warentransport durchs Waldviertel. Eine Geschäftsreise wie jede andere, meint er, denn Raubritter gibt es ja nicht mehr. Was sich als Irrtum erweist: Der Abenteurer Vargas, derzeit Verwalter von Oeltz, sieht eine Chance, diese verkommene Herrschaft zu sanieren; er bricht eine Fehde vom Zaun, wirft Martin in den Kerker und fordert eine exorbitante Ranzion. Er lässt Martin zwar bald frei, legt ihm jedoch einen Stahlkragen um den Hals, der sich vermittels eines Uhrwerks stetig verengt, so dass Martin drei Tage bleiben, um das Lösegeld zu bringen, bevor er erwürgt wird.

Doch niemand, nicht das Handelshaus, nicht Martins Frau, nicht die Geistlichkeit beider Konfessionen, kann oder will das Geld aufbringen. In seiner Verzweiflung geht Martin zu den Unehrlichen und Geächteten: Sein geringer Firmenanteil reicht aus, um flüchtige Bauern und desertierte Landsknechte, alles Strandgut des Bauernkriegs, in Sold zu nehmen. In einem blutigen Handstreich bemächtigen sie sich der Burg Oeltz, und Martin wird sein Martergerät los.

Dass damit seine Probleme erst beginnen und dass auch hinter seinem Kidnapping mehr steckt als bloßes Raubrittertum, kann er noch nicht wissen …

Der goldene Apfel Historischer Kriminalroman BoD 2019, ISBN-13 : 978-3735791399, 228 Seiten

1683: Noch steht die osmanische Armee vor den Mauern Wiens, doch ihre Spione und Agenten sind bereits in der Stadt aktiv. Schon ist eine Gruppe einflussreicher Bürger für die Kapitulation gewonnen und paktiert mit dem Feind.

Aber auch der kaiserliche Geheimdienst wirbt Spione an. Und so wird der Student Wenzel Wohlfahrt, weil er etwas Türkisch kann, ins Feld geschickt und erlebt binnen kurzem eine Duellforderung, ein bizarres Liebesabenteuer, Gefangenschaft und Folter; die Osmanen verurteilen ihn zum Tod, und die Kaiserlichen suchen ihn als Mörder.

Doch welche rätselhafte Verbindung besteht zwischen diesen Ereignissen? Hat er zu viel herausgefunden oder zu wenig?

Jahre später wird er eine Antwort erhalten, die seine Welt auf den Kopf stellt.

Eduard Lacom - der Held von Carzano (im PALLASCH, der Zeitschrift des Milizverlags, Nr. 75)

Eduard Lacom war k.u.k. Berufsoffizier, Ingenieur, Numismatiker, Spion. Der Autor beschreibt das Leben seines Großvaters, von der Kadettenanstalt bis ins Staatspolizeiliche Büro der Ersten Republik. Besonderes Augenmerk gilt der "Affäre von Carzano" (österr. Südwestfront, September 1917), einem Versuch slawischer Mannschaften (ohne die Bosniaken!), den Italienern das Eindringen in die österreichischen Linien zu ermöglichen, was jedoch von Lacom und anderen Offizieren vereitelt wurde.

Die Kanonade von Valmy GOETHE UND DIE KAMPAGNE IN FRANKREICH 1792 BoD 2021, ISBN-13 : 978-3753464107, 200 Seiten

Im Jahr 1792 marschiert eine von Preußen und Österreich gebildete Koalitionsarmee in das revolutionäre Frankreich ein, um die alte monarchische Ordnung wieder herzustellen. Bei

Valmy findet der Vorstoß ein unrühmliches Ende, und die Invasionsarmee muss sich zurückziehen. Goethe hat diese Kampagne im Gefolge seines Freundes und Landesherrn, des Herzogs von Weimar, mitgemacht und eine Generation später in seinen Lebenserinnerungen ausführlich davon berichtet. Der Autor folgt den Spuren Goethes und zeichnet nicht nur minutiös die einzelnen Etappen dieses Feldzuges nach, sondern beleuchtet auch die Motivation der handelnden Personen und die politischen Hintergründe. Das Kanonenduell von Valmy war militärisch bedeutungslos und doch bestimmend für die Geschichte Europas, denn sein Ausgang verlieh der jungen Revolutionsarmee ungeheuren Schwung und eine Begeisterung, die sie und sogar noch Napoleon von Sieg zu Sieg tragen sollte.